A noiva de Kebera
contos

VOZES DA ÁFRICA

Aldino Muianga

A noiva de Kebera
contos

kapulana

São Paulo
2016

Copyright©2011 Texto Editores – Moçambique
Copyright©2016 Editora Kapulana Ltda. – Brasil

A editora optou por manter a ortografia em vigor em Moçambique, observando as regras do Acordo Ortográfico da Língua Portuguesa de 1990.

Direção editorial: Rosana Morais Weg
Direção de produção: Carolina da Silva Menezes
Projeto gráfico e capa: Amanda de Azevedo
Ilustração de capa: Dan Arksky
Ilustrações: Dan Arsky

Dados Internacionais de Catalogação na Publicação (CIP)
(Câmara Brasileira do Livro, SP, Brasil)

Muianga, Aldino
  A noiva de Kebera: contos / Aldino Muianga. --
São Paulo: Editora Kapulana, 2016. -- (Série
Vozes da África)

ISBN 978-85-68846-15-5

1. Contos moçambicanos 2. Literatura africana
I. Título. II. Série.

16-03975   CDD-869.3

Índices para catálogo sistemático:
1. Contos: Literatura moçambicana   869.3

2016

Reprodução proibida (Lei 9.610/98).
Todos os diretos desta edição reservados à Editora Kapulana Ltda.
Rua Henrique Schaumann, 414, 3º andar, CEP 05413-010, São Paulo, SP, Brasil.
editora@kapulana.com.br – www.kapulana.com.br

Dedicatórias

À minha esposa Karol

    ...em ti ancoro
    no abrigo sereno do teu porto...

Aos meus filhos Hugo, Dico e Mick

    ...do fogo imenso
    que me consome
    me foram sempre
    sublime refrigério

Apresentação
9

A noiva de Kebera e outros *nkaringanas* de segredos,
de Nazir Ahmed Can (2016)
11

Nota de apresentação, de Fernanda Angius (1992)
15

Prefácio, de Albino Magaia (2011)
19

A noiva de Kebera
23

Dois muda, quatro ganha
51

Um colar de missangas
89

Pôncio e seus amores
113

Uma prenda
127

A festa de malembe
145

Glossário
155

Vida e obra do autor
161

Apresentação

A Editora Kapulana traz para o leitor brasileiro mais um livro de Aldino Muianga: A noiva de Kebera - contos. O primeiro foi O domador de burros e outros contos (2015).

Os contos da coletânea A noiva de Kebera podem ser lidos em voz alta em uma roda de histórias: Aldino, contador de histórias, e, à sua volta, olhos e ouvidos atentos. De sua imaginação saem relatos incríveis, alguns mais tristes, outros engraçados, outros trágicos, revelando sentimentos e relações humanas.

Impressiona a marca de universalidade que Muianga imprime em suas narrativas. São, ao mesmo tempo, sobre Maputo, sobre Moçambique, sobre África, sobre o mundo. É por isso que nós, dos lados do Atlântico, nos identificamos e nos emocionamos com esses contos vindos do Índico.

A Editora Kapulana agradece a Francisco Noa, que primeiro nos apresentou Aldino Muianga; à editora moçambicana Ndjira que nos cedeu mais essa obra que fortalece o intercâmbio cultural entre Moçambique e Brasil. Agradece ao prefaciador Nazir A. Can e ao ilustrador Dan Arsky que, pela segunda vez, colaboraram para trazer Aldino Muianga ao Brasil: Nazir, com a palavra; Dan, com as imagens.

A Editora Kapulana agradece especialmente a Aldino Muianga por sua generosidade e confiança em nosso trabalho. A presente edição brasileira dos contos de A noiva de Kebera é resultado de uma revisão cuidadosa por parte do autor, que se debruçou novamente sobre seus textos com paciência, dedicação e afeto.

São Paulo, 16 de maio de 2016.

A noiva de Kebera e outros *nkaringanas* de segredos

Publicadas em 1994, as estórias de *A noiva de Kebera* ofereciam já pistas de um projeto literário que, anos antes, em *Xitala-Mati*, e nas décadas que se seguiram, em tantas outras narrativas, soube conferir dignidade histórica e virtualidade poética aos recantos mais abandonados de Moçambique. Apontando para as *doxas* e os paradoxos de um lugar fundado em hierarquias, mas também em criativas formas de resistência de seus habitantes mais desvalidos, os seis contos deste livro de Aldino Muianga, que agora chega ao Brasil, ligam-se pelo transfundo didático. O fato mais surpreendente, contudo, é que a exemplaridade dos protagonistas se concretiza pelo viés da ambiguidade, favorecendo o abalo, no campo da construção narrativa, da transparência da mensagem e das fronteiras entre as formas da tradição oral e da escrita moderna. Os finais dos relatos, por exemplo, desestabilizam as verdades que narradores e personagens parecem querer instituir ao longo de cada um dos textos. No plano temático, a morte, enquanto elemento estruturador da sociedade, por orientar a existência dos vivos e por constituir uma passagem, mais do que um final, consolidará esse imaginário de incertezas.

Em "Colar de missangas", narrativa ambientada em um cemitério, recria-se a existência de três indivíduos que relatam, uns aos outros, as razões que os conduziram à morte. A relação que cada um mantém com sua própria memória contribui para a restituição, em plena atualidade, do elo entre vivos e mortos por via da tradição oral. Mas não sem ambivalência, pois quem conta, aqui, faz sempre a devida (di)gestão dos segredos mais decisivos de sua história pessoal. Já em "A noiva de Kebera", primeiro conto deste volume, centrado no tempo pré-colonial, narram-se os infortúnios de Ma-Miriam, viúva e noiva de Kebera, o famoso guerreiro que, após ter sido morto em uma batalha, parece ressurgir ao mundo dos vivos para seduzir e engravidar sua antiga amada. A mulher vê-se, desse modo, no incômodo dilema de optar pelo caminho assinalado pelos mais velhos, detentores do saber, ou trilhar o rumo de dedicação e exclusividade exigido pelo defunto, que possui o poder. Também no universo feminino se estruturam os contos "Pôncio e os seus amores" e "A festa de *malembe*". Esses relatos perscrutam, entre outros elementos, as contradições de uma contemporaneidade rígida, masculinizada e burocrata na qual as mulheres, mesmo quando em situação de privilégio social ou em cenários montados para homenageá-las, provam uma espécie de "morte simbólica". Também por meio da técnica do encaixe, que articula microrrelatos no interior e em função da narrativa principal, se configuram "Uma prenda" e "Dois muda, quatro ganha". O primeiro celebra o trabalho dos heróis alternativos, como o enfermeiro Costa, que se entrega silenciosamente ao ofício em territórios esquecidos pelos poderes políticos. Instaurando o humor na compilação, o segundo é um fresco sobre a pluralidade e a intensidade dos excluídos do mundo colonial. Em 1965, no calor da guerra de libertação que se iniciara um ano antes e que se deixa anunciar nas entrelinhas do desafio relatado pelo hilariante Ntavene, duas equipes de crianças jogam seu destino em uma dura partida de futebol, que tudo teria para terminar em zero-a-zero. Através de uma linguagem próxima do universo popular, discursos e imaginários aparentemente distantes – da tradição e da modernidade, do mundo da feitiçaria e da publicidade – sobrepõem-se para captar as fendas que o colonialismo criou e para exaltar a capacidade de superação dos pequenos guerreiros do Dukla do Bairro.

Em *A noiva de Kebera*, Aldino Muianga cartografa de maneira ascendente três períodos (o pré-colonial, o colonial e o do pós-independência) e redimensiona a historicidade de lugares até então pouco representados na prosa moçambicana, entre eles as margens da capital, Maputo, confirmando a aposta em uma literatura que repensa, a partir da combinação das coordenadas da existência tempo e espaço, a vida do indivíduo comum moçambicano em sua relação com os reveses do destino. Com essas e outras estratégias, o autor dá continuidade, portanto, a uma tradição literária que há muito se impôs como celeiro de "fantásticos *nkaringanas*" e de exímios contadores.

Nazir Ahmed Can
Universidade Federal do Rio de Janeiro
16 de maio de 2016.

Nota de apresentação (1992)

A Literatura oferece-nos sempre duas coisas: o mundo possível, recriado sobre a experiência do autor, e o mundo real que sem a ajuda da Literatura não poderíamos apreender totalmente.

Entrei em África pela mão da literatura e foi por intermédio desta que comecei a conhecer e a adivinhar a mágica realidade daquela, feita de simplicidade e de mistério. No Zimbábwè travei conhecimento com a literatura de Moçambique, através do género que neste país se mais cultiva: o conto. Entre os contistas que mais me tocaram, estava Aldino Muianga, igualmente no Zimbábwè exercendo a profissão de médico. As histórias abriam-me um cativante mundo de revelações e surpresas.

E quando uma história nos surpreende, nos confunde, nos leva a interrogar sobre os verdadeiros motivos que conduzem o Homem a agir, encontramo-nos face a face com a arte literária. Muianga trazia-me, de uma assentada, o rosto da sua terra e a imagem da forma como essa terra se sonhava.

Pede-me agora Aldino Muianga uma breve nota de apresentação do seu novo livro e deixa-me a braços com duas dificuldades. A primeira, a de corresponder dignamente à honra que distingue o meu critério de leitora. A segunda, a de coligir em poucas palavras o manancial de sugestões, de emoções, conflitos, experiências, tradições, críticas, e ideias que nos oferece uma escrita que ostenta a marca do talento e da vida.

Tive o prazer e a honra de ser uma das primeiras pessoas a ler o conto que dá o título a este livro e, imediatamente, me senti presa de entusiasmo por uma prosa que tão viva e claramente me revelava a misteriosa magia de uma cultura que eu descobria e me interessava, a cultura moçambicana.

No seu primeiro livro, *Xitala-Mati*, as histórias aparecem já marcadas por um ritmo narrativo que prende o leitor na espera de um desfecho trágico, mas coerente com a lógica da vida africana. É, ao mesmo tempo, uma afirmação e uma dúvida lançadas sobre o ser moçambicano. Uma chamada de atenção, um alerta para a importância da salvaguarda dos valores ancestrais, das tradições, sem se deixar, no entanto, aprisionar num mundo de alienação em que o povo se torna vítima dos que usarão, em seu proveito, a simplicidade e a sinceridade das suas crenças.

Além desta mensagem, e acima dela, a poética das narrativas deste novo livro define-se por uma talentosa capacidade de conjugar a simplicidade do narrar directo com a complexidade dos misteriosos acontecimentos narrados.

Há a lucidez de um autor consciente do seu tempo combinada com a decisão de ser agente na construção de um país, cuja cultura se afirme no respeito dos valores ancestrais e na consciente conquista de novos valores que a ciência e a inteligência proporcionam ao Homem moderno.

Aldino cumpre as duas premissas que Quasimodo impunha para avaliar a importância e o valor de um autor: ser de um tempo e de uma terra. Sobre esse tempo e esse lugar este autor vai deixando sinais de um outro tempo e de um outro lugar.

A juventude deste médico, que usa a experiência e o conhecimento do Homem como modo de criar beleza e acender a chama da esperança no coração de quem ama a vida, promete-nos e garante-nos uma afirmação da literatura moçambicana.

É difícil condensar, nas poucas linhas que posso escrever agora, tudo: quanto se pode dizer sobre a obra que vem ao nosso encontro. O leitor encontrará certamente outros motivos de encanto. Essa certeza me faz serenamente fechar estas magras e insuficientes linhas.

Fernanda Angius
Maputo, janeiro 1992.

Prefácio (2011)

Olhemos para o firmamento, lá onde se situa o maior mistério da vida: é noite e tem de se fazer luz. Inúmeros botões luminosos aliviam a escuridão. São as estrelas e os planetas. Destes não vamos falar porque não têm luz própria. Falaremos das estrelas, que brilham pela sua própria luz.

Reparemos melhor no firmamento: há ali uma mancha, qual capulana leitosa, qual mancha de algodão celeste.

É uma constelação, portanto, um conjunto de estrelas. É noite e tem de se fazer luz. A constelação fornece essa luz que desafia a escuridão e nos fascina o espírito.

Então, passamos a dar nome a essa constelação. Chamemos-lhe, por exemplo, Literatura Moçambicana, assim com maiúscula, ou, simplesmente literatura moçambicana, assim com minúscula: maravilhosa constelação!

Nela, há estrelas luminosas, que brilham com luz própria, cintilante e diamantífera. Umas brilham mais que as outras: são as estrelas de primeira grandeza. Outras brilham menos: são as de segunda grandeza.

Debrucemo-nos sobre uma, de primeira grandeza e, assim como fizemos à constelação, vamos atribuir-lhe um nome: Aldino Muianga. Está ali no firmamento. Não é planeta porque aqui não falamos de planetas. Aqui só falamos daquelas que têm luz própria, as estrelas e escolhemos uma na constelação: É Aldino, uma das estrelas de primeira grandeza na constelação da Literatura Moçambicana.

Este Senhor introduziu nas nossas letras uma metodologia

de bisturi. Cirurgião que é, anda a operar as palavras para lhes aperfeiçoar o contorno.

Trata a Língua Portuguesa por "tu" e é provável que se ria de alguns companheiros de percurso dentro, naturalmente, de uma postura intelectual, educada, elegante – própria de um artista de primeira grandeza.

Lembrem-se do seu primeiro livro de contos, o *Xitala-Mati*? Foi adoptado nas escolas porque rico em conteúdo e didáctico no trato da língua.

Só pessoas limpas de espírito podem transmitir limpeza no verbo. Aldino Muianga é estrela nisso e faria inveja a José Maria Relvas – o único gramático que os moçambicanos conhecem.

Aldino vai buscar o que de mais belo há no falar popular e põe assim mesmo. O seu exercício é o de escolha, de selecção, de separação e decantação através da sensibilidade que as musas lhe deram. E isso exige bom gosto, vivência à sombra dos cajueiros, boa conversa com todas as *mamanas* eloquentes e, sobretudo, amor, profundo amor por aqueles que são a origem de toda a arte. Aldino faz poesia com o povo e põe o poema na boca do povo.

Povo? Sim, povo, e não nos preocupemos com o desgaste que os políticos fizeram da palavra.

E o imaginário? "A Noiva de Kebera", Senhores! Em que noite Aldino Muianga foi visitado e lhe sopraram na testa este fantástico conto que já inspirou um bailado do soberano David Abílio Mondlane? Não o conhecem? O da Companhia Nacional de Canto e Dança. Esse mesmo descobridor de novas fronteiras no palco que só um Aldino Muianga inspiraria.

Mas não sou crítico nem desmancha-prazeres. Os críticos farão a dissecação desta obra que o leitor tem nas mãos. Não lhe quero tirar prazer de leitura antecipando cenários.

Uma coisa só: O meu amigo, Eric Napomoceno, que não sei se é grande ou pequeno escritor no Brasil – mas que é detentor de alguns prémios literários – dizia-me numa amena conversa num hotel, algures no mundo: "Um conto ganha-se por K.O. Se você não ganha o conto por K.O. não vale e pena escrevê-lo".

Muitas vezes tenho pensado naquelas palavras. E aqui está um escritor que bem as justifica, o nosso Aldino Muianga.

Albino Magaia

A noiva de Kebera

Morreu Nha-Kebera.

Morreram muitos guerreiros do povo sangwa. Desde o fim das últimas chuvas que deixara de haver sossego no território dos sangwas. A verdura das pastagens e a fartura das *nhacas* lavradas despertavam cobiça e despeito aos povos vizinhos. Do lado norte estavam a tornar-se frequentes queimadas e roubos de gado. Inculpavam-se desses crimes os guerreiros do rebelde Ke-Kembira que se refugiara naquela parte do território. Em outros cantos do reino fermentava o descontentamento e a revolta. Ciciava-se, no segredo dos serões, a degradação dos costumes e a má gerência dos negócios do reino.

Nha-Kebera, valente guerreiro do povo, partira com o sol, à frente de uma legião de combatentes para travar uma incursão dos rebeldes.

O vermelho-rubro da tarde ainda pairava a poente quando chegaram os arautos com a má nova: os guerreiros do soba foram vencidos pelas hordas invasoras de Ke-Kembira, pejando o campo de batalha de cadáveres, levando consigo gado e reféns.

Sobre as terras de Sangwa abateu-se a consternação e a dor. Quem diria que aqueles jovens guerreiros em cujos corações palpitava a esperança e em cujas veias galopava a vida, iam ao encontro da morte trágica e traiçoeira?

Durante quarenta dias e quarenta noites soluçou o toque arrastado dos tan-tans, ecoaram na floresta os lamentos e vagaram no ar os tons de melancólicas melopeias.

Nha-Kebera era uma figura de lenda no seio do povo sangwa. Ainda menino de tenra idade sobreviveu de uma estranha maleita que levou à cova quase metade do povo. Valeu-lhe a mão paternal do tio Sanga-Kebera que o confiou aos cuidados da esposa Taba-Mayeba. Por causa de uma incurável infertilidade, manifestação maléfica de vingativos espíritos, Taba-Mayeba não teve a glória de ser mãe. Mas o espírito protector da avó Mu--Mayeba depôs-lhe ao colo virgem o infante e órfão Nha-Kebera.

Foi entre velados carinhos que Nha-Kebera se fez mancebo. Da tia bebeu os sentimentos de amor e respeito pelo próximo. De Sanga-Kebera aprendeu o culto pela tradição e a nobreza dos costumes. A rudeza dos campos de pastoreio ensinou-lhe a audácia, a generosidade e a felicidade de viver em liberdade.

Nha-Kebera, guerreiro e mártir, humano e orgulhoso, é o símbolo do querer das novas gerações. O seu nome é cantado nas noites convulsivas de *massesse*.

A morte de Nha-Kebera abriu profundas feridas no peito jovem de Ma-Miriam onde se instalou o abatimento e o desespero. Desde os tempos de menina que se habituara à companhia de Nha-Kebera. Que lhe resta agora senão a solidão e a confidência da sua palhota?

Ma-Miriam nasceu alguns anos depois da epidemia que trouxe o luto a todas as casas de Sangwa. A mãe viúva vinha arrastando as sequelas de um mal antigo. Não resistiu ao parto e assim entregou o corpo à terra. Foi sepultada ao lado do chorado marido que nem teve tempo de conhecer a filha única.

A órfã cresceu e fez-se mulher graças aos extremosos cuidados da avó Ma-Vura, mãe do falecido pai, que lhe delimitou um pedaço de terra mesmo junto à sua machamba e ensinou-lhe os segredos dos trabalhos da lavoura.

Os dotes de Ma-Miriam despertavam a cobiça de muitos pais que a queriam para nora. Que dote maior senão aquele corpo jovem, promessa de muitos filhos e aquela dedicação às obrigações domésticas? Muitos mancebos, sob promessa de uma vida faustosa, livre das canseiras da machamba, com servos e escravos, quiseram desposá-la. Mas, Ma-Miriam adiou sempre a resposta com um simpático e ambíguo encolher de ombros.

Desde os tempos de ocupação daquelas terras pelo soba So-Ndzire quis o acaso que os clãs Kebera e Ntiwe vivessem em vizinhança. As suas machambas e as suas pastagens tinham fronteiras comuns. Partilhavam as alegrias e os infortúnios de cada momento. A morte precoce do pai Kebera adiou planos de uma união entre o filho e a filha que nascesse do amigo e vizinho Ntiwe. Seria uma forma de consolidar uma amizade antiga e criar laços de um parentesco que todos queriam forte e eterno.

No silêncio do seu desespero Ma-Miriam recorda os saudosos e inocentes tempos da adolescência. Na languidez das tardes do tempo quente, depois do fatigante trabalho do pastoreio, Nha-Kebera, alegre, irreverente e incorrigível, ia tirá-la dos afazeres domésticos e, mão na mão, cortavam em direção ao rio. Iam a rir e a cantar. Na curva do rio, onde as águas correm mais calmas, nadavam até à exaustão. Por lá demoravam-se indiferentes às aflições dos mais velhos que chamavam pelos seus nomes achando-os perdidos. O declinar do sol da tarde surpreendia-os nas margens do rio em trocadilhos românticos e a projetar um futuro cheio de encantos.

No frio das noites de serão a voz dolente da tia Taba-Mayeba arrastava-os para os mundos de mistério com fantásticos *nkaringanas*. Despertavam com o arrefecer das cinzas da lareira interrogando-se se semelhantes histórias não seriam delirantes fantasias da tia Taba-Mayeba. Embora noite fechada Nha-Kebera acompanhava-a até à porta de casa onde a avó os aguardava e repreendia-os fingidamente arreliada.

Perdeu a conta as vezes que dormiu na esteira de Nha-Kebera. Sob pretexto de mau tempo ou do perigo das feras que infestam os caminhos, pelo resto da noite deixava-se ficar na agradável companhia do amigo.

Nha-Kebera começara a assumir um papel protetor junto à família de Ma-Miriam. A avó não se sentia capaz de evitar fosse o que fosse. Também fora jovem e gostava de Nha-Kebera. Ele lembrava-lhe o defunto marido que a morte levou muito cedo.

De volta das pastagens Nha-Kebera não se esquece de ir deixar grandes nacos de carne para a sua amada, tampouco a enorme cabaça, que habitualmente traz amarrada à cintura, a transbordar de leite fresco de vacas da sua manada.

Mas Nha-Kebera morreu.

Como crer que nunca mais terá a seu lado aquele a quem ofereceu a virgindade, aquele com quem partilhou a inocência e as libertinagens daquela adolescência tão trágica e bruscamente reduzida a vã saudade? O eco sonoro e quente das gargalhadas de Nha-Kebera enche a palhota onde Ma-Miriam carpe os infortúnios de viúva e noiva de defunto.

Passaram épocas de fartas colheitas depois da batalha fatal em que Nha-Kebera perdeu a vida. Parecia que o sangue daqueles guerreiros fertilizara a terra. Era só ver todo aquele verde a tapetar os campos. Nas machambas o milho grosso e alto e as mandioqueiras verdejam promessas de fartura.

No norte do território Ke-Kembira perdera o poder de outrora. A falta de unidade no comando dos rebeldes levou à deserção de muitos guerreiros que se refugiaram nos reinos vizinhos.

Naqueles longos anos Ma-Miriam tornou-se mulher cuja graça e encanto entonteciam os *magalas* de Sangwa. Sente imensas saudades do amigo e, por vezes, não consegue evitar que umas lágrimas azedas lhe corram pelo rosto quando lhe vêm à recordação os felizes momentos que passou ao lado de Nha-Kebera.

Todas as noites Ma-Miriam queima os serões em casa dos tios do falecido Nha-Kebera. À avó Ma-Vura a velhice roubara o siso e a vivacidade. Tornara-se de quezílias e queixumes; um serão com ela era uma noite de injustificados ralhos e exaltados monólogos. É certo que lhe prestava todos os cuidados que a idade e o estado de saúde exigiam, mas como fugir às solicitações quase imperativas dos tios Sanga-Kebera e Taba-Mayeba para com eles viajar pelos mundos da fantasia, transportados pelas histórias que ambos contavam tão bem? Por isso, quem quisesse vê-la dentro da noite era só bater à porta de Sanga-Kebera.

E, naquela tarde húmida, houve alvoroço em Sangwa.

A notícia correu de boca em boca como o fogo em mata seca: Kha-Kwana, jovem e hábil pastor que vivia no povoado vizinho de Menga morrera sob coices e chifradas de um touro enlouquecido. Ninguém sabe explicar como isso sucedeu. A verdade, porém, é que corpo do infeliz foi encontrado esmigalhado e com as tripas a verter excrementos no capim.

À hora do serão o tio Sanga-Kebera não falou doutra coisa.

– Admira-me que Kha-Kwana se tenha deixado matar assim como um aprendiz – começou ele, a puxar por novidades. Passara o dia nas matas a cortar estacas para reforçar a vedação dos currais e soubera da novidade aí pelos caminhos.

– Acho que aqui há coisa. Não há na história dos sangwas notícias de mortes como esta – estranhou a tia Taba-Mayeba, a fixar os olhos no amarelo das chamas brandas que ardiam à sua frente.

Parecia volver os pensamentos para um passado muito remoto, para trazer à flor da memória algum acontecimento semelhante ao daquela tarde. Em poucos segundos fez desfilar toda a história do povo sangwa e nela não achou nada que se comparasse à violência com que morrera Kha-Kwana.

– Também penso que sim – disse Sanga-Kebera, a deixar no ar muitas interrogações sobre o que teria causado a morte do pastor.

Acreditava que alguma maldição caíra sobre o infeliz Kha-Kwana, pois já ouvira aí comentários da vizinhança que invejava o crescimento e a saúde das suas manadas. Não que tivesse por ele grande estima; considerava-o, até certo ponto, um intruso na vida da sua família. Kha-Kwana batera à sua porta um sem número de vezes, noite já feita, sentara-se à sua esteira e partilhara da cabaça de *mpheca* que a velha Taba-Mayeba tem o cuidado de lhe servir todas as noites.

– Que os espíritos dos antepassados me perdoem, mas eu não gostava muito desse rapaz.

– Porquê então? – surpreendeu-se a velha Taba-Mayeba, a suspender o gesto de chegar uma acha ao fogo.

– Nunca vi com bons olhos a corte que ele fazia a Ma-Miriam – disse Sanga-Kebera a retirar das cinzas quentes o amendoim que estalava.

– Embora nunca o tivesse confessado antes, acho que Ma-Miriam atraiçoava a memória do nosso falecido filho Nha-Kebera.

Ao lado da tia Taba-Mayeba, Ma-Miriam remexeu-se pouco à vontade.

Olhava para as sombras trémulas na parede oposta através

da neblina de fumo que enchia a palhota.

– De todas as vezes que o via contigo, minha filha, dava-me um grande aperto aqui no peito. Envelhecia um pouco mais. É tal a estima que temos por ti, e tal o amor que Nha-Kebera tinha por ti que qualquer ligação com outro é como uma traição, um adultério. Não vejo maneira de fugires a isto. É mau dizê-lo, mas a morte desse Kha-Kwana é para todos nós um ato de libertação.

Ma-Miriam sente-se encurralada, abalada.

Porque não lhe dissera a tia Taba-Mayeba, amiga e confidente, que a sua amizade com Kha-Kwana era profunda e grave ofensa à memória de Nha-Kebera? Mas também como evitar isso se o pastor a emboscava nos caminhos, no poço, onde quer que ela estivesse, com as suas falas e galanteios? Como fugir a isso? Tinha por ele certa estima e, até certo ponto, gostava da sua companhia, embora até àquela data nada tivessem definido. À hora de consentir lá vinha a imagem de Nha-Kebera turvar-lhe a decisão. E fugia apressada para fictícios afazeres adiando a resposta para outra ocasião. Que se recorde, uma só vez vacilou. Vinha de colher mandioca da machamba da avó. Subtil e manhoso, Kha-Kwana cortou-lhe o passo. Com falinhas e gracejos apertou o cerco e enfraqueceu-lhe a resistência. Ali mesmo, entre o verde das mandioqueiras, sentiu Kha-Kwana explodir dentro de si a inundá-la de calor e prazer, e aplacar-lhe desejos há muito reprimidos.

Levou aos olhos as costas das mãos e enxugou umas lágrimas de tristeza.

Com a habilidade nascida da experiência, Sanga-Kebera virou o ambiente frio e fúnebre que ameaçava viciar aquela noite de serão. Narrou um arrepiante *nkaringana* que ouvira nos remotos tempos do avô Sa-Kebera, com mortos e vivos a confraternizarem em fantásticas orgias, bebendo e vertendo cabaças de sangue sobre as cabeças uns dos outros. É tal o dramatismo e o entusiasmo que põe na narração que as imagens dos personagens parecem suspender-se na atmosfera da palhota como seres reais e concretos.

A própria tia Taba-Mayeba não conseguiu suster um calafrio que lhe sacudiu o corpo inteiro.

Quando Ma-Miriam se despediu, a noite era um manto muito escuro que caíra sobre Sangwa. Meteu-se a caminho com inquietações e medos como já há muito tempo não sentia. Não podia contar com a companhia do recém-falecido Kha-Kwana nem do tio Sanga-Kebera, a esta hora a tomar os últimos goles do fermentado e a preparar-se para repousar das canseiras do dia. Por detrás de cada sombra Ma-Miriam julga ver olhos que a espreitam. O arrastar dos pés no capim dos caminhos desperta-lhe a sensação de sombras que a perseguem.

Foi a ofegar que atingiu a palhota da avó Ma-Mavura que dormia profundamente. Aferrolhou a porta e, aterrada, deitou-se abraçada à avó, a auscultar nas sombras passos e vozes de imaginários ressuscitados.

Lá fora os ruídos da noite vão-se esbatendo um a um; escuta-se só o piar rouco e distante dos mochos. Mas esses não metem medo a Ma-Miriam.

O calor que irradia do corpo da avó Ma-Vura conforta-lhe o espírito sobressaltado. Acaba por adormecer. Leva para o sono tenebrosos pensamentos. Vive sonhos fantásticos.

Acha-se diante da campa de Nha-Kebera coberta de um capim rasteiro onde uma serpente se desenrola preguiçosamente e fixa sobre ela uns olhinhos frios e irrequietos. Em redor está tudo escuro. Mas, eis que a figura de Nha-Kebera se materializa no ar envolvida de panos brancos. Estranhamente, a imagem mantém-se suspensa no ar. O seu porte é majestoso e revela em todo o seu ser um poder divino, real. E diz:

"Ma-Miriam, eu sou aquele a quem, ainda menino, juraste fidelidade e amor eterno. Quiseram os espíritos dos antepassados que as nossas vidas se unissem, que compartilhássemos as alegrias da infância e as amarguras da orfandade. Como nos ensinaram, acima da nossa vida está o amor por esta terra sagrada dos sangwas, pela sua nobre história, pelos seus costumes e pelas suas tradições. Foi em defesa destes sublimes valores que verti o meu sangue. Ao fazê-lo dignifiquei o nome de Kebera e o daquela que a sabedoria dos antepassados me entregou para esposa e mãe dos meus filhos".

Dos punhos e do pescoço da figura cintilam missangas de todas as cores. Sobre o túmulo a serpente oscila a cabeça achatada, desconfiada dos movimentos das vestes de Ma-Miriam, que uma brisa faz esvoaçar de tempos a tempos.

A voz prossegue:

"Durante todas estas épocas que passaram, desde aquele dia fatal, os deuses abençoaram esta terra. Os campos produzem e saciam a fome de todo o povo. O gado não cabe nos currais. É o reconhecimento dos antepassados pelo respeito deste povo à sua memória.

Hoje resolvi chamar-te à minha presença para anunciar a tua condenação pelo comportamento indigno e infame que tens manifestado. A tua questão foi demoradamente discutida em magnas assembleias de sábios antepassados e concluiu-se que violaste o princípio sagrado da fidelidade. Conspurcaste na lama a memória de um herói glorificado. Sem aguardares por uma revelação que iria restituir-te a liberdade, consentiste em ter ligações amorosas com o bastardo e leviano Kha-Kwana. E nem vergonha te faltou para a consumação da ligação ilícita. O conselho dos sábios acusa-te de traição e adultério".

Ma-Miriam revolve-se na esteira e emite gemidos agudos que despertam a avó. Esta afaga-lhe a cabeça com ternura até acalmar. Lá fora é só escuridão e silêncio. A avó Ma-Vura volta a deitar-se estranhando que naquela noite a neta fosse dormir na sua esteira. Nem sequer a ouviu a chegar. De pensamento em pensamento também acabou por adormecer.

"A partir desta data todas as noites de sexta-feira deverás vir depor nesta campa uma gamela de *xima* e outra com caril de galinha, tudo preparado pelas tuas próprias mãos. Não te podes esquecer de uma cabaça de *mpheca* também feita por ti. Na noite de cada quinta-feira anunciar-te-ei que outras comidas deverás juntar àquelas que há pouco mencionei. Ao saíres de casa não deves despedir-te de ninguém, nem sequer olhar para trás. Quando chegares a esta campa, deixa tudo sobre ela sem receio desta amiga ou doutros animais que aqui encontrares. Depois disso, deverás entoar a canção que entoavas para mim quando regressássemos das noites de *massesse* e regressarás pelo mesmo caminho que tenhas tomado à ida, sem voltar a cabeça para trás" – continua a voz de Nha-Kebera em tom imperativo e ameaçador.

A imagem mantém-se suspensa no ar, revestida de um poder sobrenatural. Num misto de perplexidade e vergonha Ma-Miriam continua a escutar de cabeça baixa, a guardar um respeitoso silêncio. Aos vivos não se reconhece o direito de contestar as vontades dos mortos, que é sagrada e soberana.

"Para que não te sobrem dúvidas sobre a gravidade e a seriedade deste assunto, tem sempre em mente a morte de Kha-Kwana. Quem esperava que ele acabasse como acabou? Pois, eu encarnei o touro que o matou. Pus toda a violência e toda a ira no ato que pratiquei para castigar a vossa infâmia. Para ti a morte seria um castigo insignificante, por isso reservo-te a obrigação de cumprires os teus deveres até que a velhice te traga uma morte serena. O teu lugar é, e sempre será, esta campa, junto daquele a quem juraste ser esposa até à eternidade".

Bruscamente, Ma-Miriam desperta com o pânico estampado no rosto. O peito arqueja. Tem o corpo encharcado de um suor quente, espesso e pegajoso.

Aqui e além já se ouve o cantar dos galos a anunciar o dia que se aproxima.

A avó Ma-Vura pegara no sono e dormia descansadamente, alheia ao pesadelo da neta.

Naquele serão Ma-Miriam não consegue disfarçar a grande perturbação que lhe provocou aquele sonho. Passara o dia a mexer aqui e ali, sem a habitual ordem que dava aos afazeres diários. Ao regressar do poço quebrou o pote cheio de água. Chegou tarde à machamba, quando o sol ia já alto, e a sacha foi demorada. Deixou atrás de si muitas ervas daninhas que em pouco tempo ameaçariam a saúde das culturas.

A tia Taba-Mayeba conhecia-lhe bem o feitio. Não quis fazer-se de delongas para esclarecer o mistério e perguntou:

– Minha filha, esta noite acho-te muito preocupada e suspiras como se tivesses doença no peito. O que há? É por causa desse Kha-Kwana?

Ma-Miriam vinha com desejos de revelar a razão da sua apreensão, mas não sabia como começar. Tinha uma confiança ilimitada pelos tios de Nha-Kebera e, por diversas ocasiões, contara-lhes intimidades que a outros escandalizariam. Foi sempre com atenção que a escutaram. E punham muito empenho em ajudá-la a solucionar as questões que apresentava.

Diante de si o tio Sanga-Kebera mantém um obstinado silêncio, a aguardar por novidades.

Sem ocultar detalhes Ma-Miriam contou o pesadelo da última noite.

Na atmosfera enfumarada da palhota as palavras de Ma-Miriam ganham um deslumbrante dramatismo e arrastam-na para o mundo de paixão e magia de Nha-Kebera.

– Sossega, minha filha – disse o tio Sanga-Kebera. – Eu sabia que Nha-Kebera iria revelar-se. Suspeitava até que ele estivesse por detrás da morte de Kha-Kwana. Esta tarde fui a Benga consultar os ossos da adivinhação e o que lá me disseram não é de molde a deixar-nos tranquilos. É imperioso que te ajudemos a cumprir as recomendações que recebeste nesse sonho. Que podemos nós fazer contra a vontade dos mortos, se são eles que orientam a nossa vida e definem os nossos destinos? Contrariar esses desejos significa chamar sobre nós a sua cólera e as suas vinganças. Desrespeitar aquelas ordens é pedir a infelicidade para todo o nosso povo; às épocas de seca e fome seguir-se--iam epidemias que trariam o luto a todas as famílias do povo sangwa. Por isso que se cumpram pela tua mão as sábias determinações dos antepassados que tiveste a honra de escutar pela boca do querido e saudoso Nha-Kebera.

As palavras soltam-se da boca de Sanga-Kebera muito pausadamente, como se entoasse uma canção. Na neblina que paira na palhota parece desenhar-se o rosto de Nha-Kebera, o que dá ao ambiente um ar fantasmagórico e sobrenatural.

Lá fora a escuridão adensa-se. Ao longe ouve-se um toque sumido de batuques e o eco arrastado de fúnebres cantilenas. Na manhã seguinte vai a enterrar Kha-Kwana.

Para manter acesas no espírito de Ma-Miriam as obrigações

dos vivos para com os mortos o tio Sanga-Kebera narrou aquele *nkaringana* em que uma multidão de condenados, de pescoços nus sobre filas de cepos, se deixa degolar para redimir faltas e saldar pendências com descontentes espíritos de antepassados.

Naquela noite, noite sem lua, Ma-Miriam tomou o caminho estreito das traseiras da casa de Sanga-Kebera. Um capim alto oculta o trilho. Alguns ratos, apercebendo-se de aproximação de passos, interrompem repastos e fogem apavorados para a espessura do mato.

Nha-Kebera fora sepultado não muito longe da cabana onde vivera. Uma moita cerrada circunda a campa como que a protegê-la da indiscrição dos vivos. Fazia muito tempo que por ali não passava vivalma. Ma-Miriam conhece o caminho, pois para ali fizera solitárias visitas para carpir as primeiras lágrimas pelo saudoso Nha-Kebera. Apesar da escuridão consegue descortinar o monte de terra que entumece do chão: a campa de Nha-Kebera.

Perscruta nas trevas, de respiração suspensa. Parece-lhe ver na sombra daquele arbusto uns olhos que cintilam, vigilantes e frios. Desce o cesto de verga trançada que balança sobre a cabeça e, lá de dentro, retira duas gamelas de comida e uma cabaça. Com gestos lentos depõe tudo sobre a campa.

Em redor o silêncio e a escuridão aliam-se numa cumplicidade tenebrosa.

De joelhos, Ma-Miriam cantou:

Kebera-Nhane
Rengâ-rengââa
Djambo ra vuxika
Rengâ-rengââa
Nha-Keberane

Rengâ-rengâââ
Djambo ra maswangwa
Rengâ-rengâââ

A voz ecoa melancólica, arrastada, pelos matagais e pelos povoados; silencia serões e batucadas naquela noite misteriosa de Sangwa. Com os mesmos vagares com que se dirigiu à campa de Nha-Kebera, Ma-Miriam regressa a caminho da esteira. Curiosamente, sente-se confortada, com uma agradável leveza de espírito. Mal se cobriu, adormeceu profundamente.

Aí pela madrugada, súbitos ruídos despertam-na e recordam-lhe que outras obrigações há ainda a cumprir.

De nascente paira já o halo claro que anuncia o novo dia. Com passo lento meteu-se a caminho da campa de Nha-Kebera. Sobre esta, as gamelas e a cabaça são utensílios vazios a aguardar novo enchimento. Via-se que o defunto comera com gosto e avidez.

À volta da campa Ma-Miriam não viu pegadas. O capim mantém a vivacidade e o orvalho da noite. Em tudo conserva-se o ar de abandono, de desolação e de morte. Regressou às rotinas com o coração a galopar tumultuosamente no peito, entre o espanto e o terror.

A vida transcorre serena, sem sobressaltos.

Faz já três épocas de colheitas, de excelentes colheitas, que Ma-Miriam cumpre aquele fúnebre ritual. Fá-lo com o rigor e o desvelo de esposa e viúva dedicada.

Perdera os acanhamentos e os pânicos de outrora. Nada faz, que não seja com o último e principal propósito de agradar ao defunto protetor cujo poder a salvaguarda dos percalços do dia a dia. Acha graça a esta sempre premente necessidade de contacto com Nha-Kebera que lhe traz uma sublime tranquilidade e paz de espírito.

Na machamba basta pegar no cabo da enxada que os braços parecem multiplicar-se por mil. Como pode uma pessoa lavrar tamanha porção de terra assim? Grão que enterre no solo é garantia de pé que cresce, verde e vigoroso. No fim de cada época colhe até transbordar os celeiros, tal é a fartura!

De volta de carretar água o pote tem a leveza do ar, nem necessita de ajuda para o levantar do chão.

Apesar da juventude, manifesta uma vitalidade e iniciativa pouco comuns nas mulheres sangwas e prospera a olhos vistos: os currais abarrotam de cabritos e bois que obtém por troca dos excedentes das colheitas. E tudo graças a Nha-Kebera, poderoso e omnipotente.

Naquela noite selecionavam milho para a sementeira que estava próxima.

De há uns tempos para cá a tia Taba-Mayeba vem cismando desconfianças. Nada pudera apurar até ali por achar embaraçoso e inoportuno abordar semelhante assunto em presença de Sanga-Kebera. Este adquirira o novo hábito de, pela calada das noites, ir verificar as armadilhas de *massengane*. De lá volta esquisitamente derreado como se o tivessem obrigado a grandes trabalhos. Até se dispensa das intimidades da esteira.

Taba-Mayeba aguardava por uma melhor ocasião para aquela conversa. Conversa de mulher para mulher. Uma manhã, na machamba, a avó Ma-Vura gaguejara-lhe as suas suspeitas:

– Acho a Ma-Miriam um pouco mudada. Todos os dias. Pela manhã é um corre-corre para trás da palhota onde despeja enjoos e vómitos. Desde a morte desse Kha-Kwana não voltei a vê-la com mais nenhum homem, mas desconfio que já tem algum. Procura saber o que há, porque a mim não dá ouvidos.

Diz que estou velha e maluca.

Através da névoa de fumo que paira na palhota mira Ma-Miriam disfarçadamente. Sim, tem o rosto algo untuoso. Bochechudo e brilhante. Uma borbulhagem rebentara-lhe na testa como em dia de passagem da sua lua. O olhar, distante e mortiço, é como se estivesse voltado para dentro. Quando se sacode no riso os peitos, suculentos e inchados, transbordam nos apertos do corselete, como úberes de vaca em vésperas de parição.

– Minha filha, poucas vezes estamos sós para falarmos de assuntos como este – começou a tia Taba-Mayeba, fixando-a nos olhos. A avó Ma-Vura chamou-me, uma vez, atenção sobre mudanças que notou no teu estado. Ao longo destas semanas verifico também que algo estranho se passa contigo. O teu comportamento leva-nos a crer que tens um homem e que estás à espera de um filho. Ponho-te este problema esta noite porque o teu tio anda aí pelos matos com outros homens à caça das feras que matam o gado. Podemos falar à vontade que ele só volta ao fim de três noites.

Ma-Miriam levanta os olhos para a tia, meio perplexa; volta-se para o fogo e suspira. Nada mais simples do que explicar que Kha-Kwana fora um infeliz e fatal incidente na sua vida e que depois dele não voltara a conhecer outro homem. Mas, como fazer crer que o filho que incuba é do defunto Nha-Kebera? Será que alguém vai acreditar na aventura que, desde há muitas luas, vive e oculta?

– Minha tia, o meu destino é diferente do das outras mulheres. A sabedoria dos antepassados casou-me com um espírito a quem devo obediência e de quem devo procriar filhos. Não posso fugir a esta fatalidade. Foi-me recomendada abstinência dos prazeres de esteira com quem quer que seja, sob pena de catástrofes que destruiriam este povo.

Cumpro fielmente. Se sou feliz por isso? Oh, guardo para mim, só para mim, o pesadelo deste calvário. Não seria ingratidão e falta de fé não aceitar e agradecer a sina que me foi traçada mesmo antes de vir a este mundo? Por isso, daqui a algumas luas terei cumprido mais uma das etapas do meu destino: trazer à vida o filho de Nha-Kebera – disse Ma-Miriam em jeito de monólogo. A voz saía-lhe um pouco rouca, numa emoção que crescia.

A tia Taba-Mayeba arregalou os olhos de espanto.

– Filho de Nha-Kebera? – repetiu arrastando as palavras, como um eco.

– Sim, o filho do morto – confirmou Ma-Miriam.

– Ma-Miriam, peço-te respeito por estes cabelos brancos que todas as noites penteias e tranças. Tenho por ti o amor que uma mãe tem pelo seu filho. Criei-te com o mesmo carinho com que criei o falecido Nha-Kebera. Espero só que me retribuas esta dedicação com a tua sinceridade – disse Taba-Mayeba.

– Longe de mim faltar à verdade e ao respeito pelos mais velhos – respondeu Ma-Miriam, segura de si.

– Nesta vida já nada mais me resta senão aguardar que a morte me leve à companhia dos nossos antepassados. Já vivi muito e, confesso-te, muitas histórias ouvi com estes ouvidos – e levou aos ouvidos os indicadores trémulos – mas, como essa, nenhuma! Onde já viste tu uma mulher ter um filho de um defunto?

Ma-Miriam meneou a cabeça e sorriu sem calor para o fogo. Apesar da idade a tia Taba-Mayeba não parecia conhecer tanto a vida como dizia. Então não é possível ter um filho com um morto? Não está ela ali a incubar o filho de Nha-Kebera que todos sabem ter morrido gloriosamente já lá vão que tempos?

– Quis guardar para mim o segredo desta relação até aos

momentos finais, mas vejo com tristeza que tenho de o revelar – disse Ma-Miriam constrangida.

– Um filho com um morto! Pode lá ser isso!... – continuou a tia Taba-Mayeba, como se não tivesse escutado as palavras de Ma-Miriam. Fixava-a com um olhar frio, cheio de interrogações.

– Como é do seu conhecimento tenho cumprido com um rigor e uma paixão quase fanática todas as vossas recomendações e as do defunto Nha-Kebera. Desde aquela aparição raras são as noites em que ele não se revele. Leio-lhe no rosto uma alegria que me toca e contamina. Escuto-lhe a voz, bebo-lhe da boca calores que me incendeiam. Sinto-lhe nos gestos viris um desejo de contacto que nunca se consumou. Quase enlouquecemos neste vão bracejar, neste caminhar no vazio ao encontro de um abraço que se não concretiza. Pela manhã desperto com uma angústia que me dilacera o peito e me mata de desejos. Esta necessidade de contacto foi tão violenta e premente que Nha-Kebera rompeu a barreira que o separa deste mundo. Os prazeres daqueles contactos que nos eram recusados são, hoje, algo que sentimos com toda a exaltação dos nossos corpos. Não são já as vagas ou fugidias miragens que preenchiam o vazio das minhas noites. Os nossos contactos são atos concretos, materiais, reais.

– Quer isso dizer que se encontram.

– Sim, desde a última safra de milho – revelou Ma-Miriam, semicerrando os olhos numa evocação de factos que começavam a desfilar na mente com uma vivacidade crescente. – Tudo começou na noite daquela sexta-feira, uma noite que caíra abrupta e muito escura. No último sonho Nha-Kebera recomendara-me *xima* com um assado de testículos de boi. Caprichoso este Nha-Kebera que me faz semelhantes pedidos só para me acicatar os desejos! À hora de depor a oferenda ouvi o ruído de capim pisado a rumorejar no escuro. Arrepiou-me o corpo num sobressalto. Sabia que a proteção do defunto Nha-Kebera punha-me a salvo de qualquer perigo, mas aquele pisar leve, cauteloso e cadenciado ia-me enchendo de terror.

Das sombras um vulto másculo destacou-se e veio a aproximar-se lentamente com os braços muito abertos como que a caminhar para um abraço. Trajava panos brancos, os mesmos panos brancos com que sepultaram Nha-Kebera. No pescoço e nos punhos tilintavam as pulseiras com que se adornam os heróis. Do corpo exalavam os odores dos óleos com que o untaram antes de o descerem à cova. Parou sobre a campa e, na sua majestade, disse: "Ma-Miriam, não tenhas medo. Eu sou aquele por quem todas as noites choras e aguardas. A tua angústia comoveu o conselho dos ancestrais que me concedeu permissão para retornar a este mundo e secar-te as lágrimas que vertes na expiação da tua falta".

A voz era grave, profunda. Parecia a ressonância de um eco longínquo.

"Vim hoje ao teu encontro para consumar um desejo antigo, esfriar o fogo que consome a tua carne, minorar-te o suplício das noites de insónias".

E, dizendo isto, retirou-me da mão o cesto de farnel. Envolveu-me com aqueles braços que eu senti ainda fortes sob a túnica. Os meus seios esmagaram-se contra o seu peito. Uma estranha e agradável perturbação foi-me turvando o raciocínio. Os joelhos tremiam e fraquejavam. Acabei por ceder àquele impulso que era superior à minha vontade. Nha-Kebera derrubou-me e caímos atravessados sobre a campa. Senti-lhe as mãos percorrerem-me o corpo num frenesim arrebatado que me ia envolvendo em labaredas que cresciam e me incendiavam. Ali, na humidade daquele chão santo, possuiu-me com a fúria de um animal enlouquecido. E gemíamos, possessos de um prazer que nos transportava num enlevo quase até à inconsciência. Entreguei-me toda a essa paixão que me fez transpor as portas deste mundo. Lembro-me de termos permanecido naquele abraço uma porção de tempo que eu não queria ver terminado. O calor daquele abraço confortava-me. Aos poucos fui deixando o pensamento vagar e, neste enternecimento, acho que adormeci. Se não fosse o fresco da noite a madrugada surpreender-me-ia ainda naquele embalo. Ao despertar não vi Nha-Kebera. Nem sequer me apercebi da sua retirada. Também não vi pegadas ao redor da campa. Em tudo mantinha-se a ordem e a lisura de sempre.

– Tens a certeza que era ele? – perguntou a tia Taba-Mayeba, impressionada com o relato. Umas rugas de apreensão sulcavam-lhe a testa.

– Oh, como podia eu enganar-me? Era capaz de reconhecê-lo no meio de uma multidão. É certo que tinha a voz um pouco enrouquecida e o corpo mais macilento, mas isso deve-se ao tempo e às próprias transformações que a morte produz. E depois, aquele jeito de dizer e fazer as coisas, só ele!

– Quer-me parecer que voltaram a ver-se.

– Sim. Depois desse encontro vivi dias de angustiante expectativa.

Passei a contar os dias com uma ansiedade que quase me levava à loucura.

Porém, nos dias de oferenda ele não falta. Ao ritual inicial ajuntámos esse contacto que coroa esta relação entre os vivos e os mortos.

As rugas do rosto da tia Taba-Mayeba pronunciam-se e revelam a grande perturbação que lhe provocou a história que acaba de escutar. Em nenhum dia de sua vida ouvira contar um caso semelhante. Sabe de mortos que encarnam bichos e emboscam as vítimas nas curvas dos caminhos: outros ainda, mais transigentes, torturam as vítimas com penosas exigências. Mas que um morto volte a este mundo e se comporte como um vivo já lhe parece duvidoso e suspeito.

– Minha filha, estás sob o efeito de um terrível feitiço. Vives num estado de sonho e de encantamento que te vai levar à perdição. O meu conselho não é de desobedeceres à vontade dos nossos antepassados mas acho urgente e necessário que te sujeites a um tratamento para quebrares este encanto.

– Não virá disso desgraça para o nosso povo? – quis saber Ma-Miriam, mais preocupada com o fim provável das suas aventuras noturnas do que com a infelicidade dos sangwas.

– Confia em mim. Se o que penso for verdade seremos bem sucedidas e ninguém lastimará o que vier a acontecer. O assunto é tão grave e melindroso que nem podemos aguardar pelo regresso do teu tio Sanga-Kebera. Aliás ele aprovará a nossa iniciativa.

Naquela noite de véspera de mais um ritual na campa de Nha-Kebera o serão decorreu mais animado. A tia Taba-Mayeba mostrou-se de uma verbosidade e inconformismo que surpreenderam Ma-Miriam. Conhecera-a servil e submissa, não opinando sobre fosse o que fosse. O singular e misterioso caso de Ma-Miriam preocupa-a e garante não repousar enquanto o não desvendar.

– Esta noite dormes aqui. Muito cedo temos de iniciar os preparativos para a cerimónia de amanhã.

O crepúsculo da manhã encontrou Taba-Mayeba a desenterrar raízes de cactos na aridez dos solos das distantes terras de Khamba. É aí onde magos e feiticeiros se fornecem de ingredientes para a preparação das suas mezinhas. Regressou com o sol do meio-dia a escaldar a areia dos caminhos, mas isso não lhe dá cuidados nem lhe causa canseiras. Propusera-se a vencer todas as dificuldades até conseguir trazer luz para o obscuro caso que lhe relatara Ma-Miriam. À chegada esta inquiriu, ansiosa:

– Conseguiu alguma coisa?

– Sim, trago comigo algumas raízes e pedaços de outros remédios com que te tratarei para vencermos o feitiço que te domina.

Ma-Miriam não respondeu. Entregara-se às vontades de Taba-Mayeba, mas tudo aquilo parece-lhe absurdo e espantoso. Como é que a tia Taba-Mayeba pode duvidar do que lhe relatou se as provas são tão evidentes?

No fim disto só terão de lamentar o tempo perdido e, quem sabe? Um novo desagravo de Nha-Kebera por esta manifestação de dúvida e desafio.

O resto do dia foi de frenética agitação no quintal da tia Taba-Mayeba que se divide entre a cozedura de raízes e a incineração de pedaços de carnes meio decompostos. Ma-Miriam coa para dentro de uma cabaça a *mpheca* fermentada durante a última noite; na lareira fumegam a *xima* e o *xibhehe* prontos a servir.

Como é hábito nesta época, a lua só despontará mais tarde para aliviar o escuro que cobre a noite.

É chegado o momento do ritual.

Ma-Miriam dirige-se para as sombras do cajueiro que cresceu junto ao curral de cabritos. A tia Taba-Mayeba colocara aí as águas tratadas para o banho. É um líquido viscoso onde sobrenadam pedaços de folhas e de raízes. Dele escapam vapores com odores penetrantes que entontecem e alucinam. O chapinhar das águas durante o banho funde-se com os mil ruídos da noite numa desarmonia que aterroriza. A tia Taba-Mayeba recomendara: "Depois do banho deixa as tuas roupas conspurcadas com os vícios deste mundo e dirige-te imediatamente à minha palhota sem olhares para trás".

E Ma-Miriam assim fez.

Ajoelha-se diante da fogueira numa pose de respeito e veneração. O corpo emite sinistros brilhos como se o tivessem ungido de óleos.

– O banho que acabas de tomar protege-te de quaisquer contactos com espíritos maléficos. Enquanto não desaparecer a humidade que impregna o teu corpo ninguém poderá aproximar-se de ti – disse Taba-Mayeba cobrindo-a com uma túnica branca. Contornou a fogueira e sentou-se à frente de Ma-Miriam que, cabisbaixa, não diz palavra. Da intimidade dos panos retira uma minúscula cabaça e continuou:

– Como disse, de Khamba trouxe os remédios que, definitivamente, quebrarão o feitiço em que vives e restituir-te-ão a paz e a dignidade. Mas é necessário que sujeitemos esse espírito a uma provação. Se o seu poder for divino e sobrenatural nada mais nos resta senão aceitarmos a sua vingança. Mas se for um espírito que se diverte à custa da tua fé e inocência, juro-te que nunca mais o fará. Soube de alguns que escravizavam amigos e familiares com a sua influência para continuarem a gozar os prazeres deste mundo a que só têm direito os verdadeiros deuses. Com estes tratamentos as vítimas libertaram-se da tirania e dos caprichos desses falecidos oportunistas. Com a tua própria mão polvilharás a comida que esta noite preparaste para ele. É uma mistura de pós de língua de gémeo nado-morto com mênstruo de viúva, placenta de cabra e tutano de osso de hiena leprosa. A tudo isto acrescentou-se pó de espinho de cacto venenoso. Não imaginas o trabalhão que tive para conseguir estes remédios.

Só o amor que tenho por ti e o desejo de te ver livre e feliz me deram forças para o conseguir. Mas tudo aqui está.

E passou a cabaça a Ma-Miriam.

Aquele era um ritual macabro. A revelação de Taba-Mayeba produziu em Ma-Miriam uma transfiguração. Os traços do rosto tornavam-se disformes e grosseiros. É como se súbitas forças a violentassem, lhe roessem as vísceras e lhe produzissem um tremendo sofrimento.

Recebeu a cabacinha com um gesto que não era comandado pela sua vontade. Despejou o pó sobre a palma da mão e levantou uns olhos distantes e interrogativos para a tia.

– Deita parte deste pó dentro na cabaça de *mpheca* e espalha a outra sobre a comida.

E Ma-Miriam assim fez.

– Daqui por diante deves proceder como habitualmente. Quando regressares, já estarei na minha esteira a repousar. Deves deitar-te também e não me dirigirás palavra até ao amanhecer.

Sob o olhar vigilante de Taba-Mayeba, Ma-Miriam espalhou o pó sobre as gamelas de comida e introduziu outro na cabaça de *mpheca*. Arrumou tudo dentro do cesto com demorados cuidados.

Foi-se soerguendo, lentamente, como se lhe custasse sair do chão. Porque lhe faltaria coragem para dizer: "Basta! Em que te toca a ti a minha desgraça se nem tua filha sou? Tudo me faltou na vida desde que vi a luz do dia. Queres ainda privar-me desta felicidade que não quero crer que seja ilusória e passageira? A minha felicidade entristece-te, Taba-Mayeba? Queima-te o peito e sufoca-te a inveja por me saberes à beira de ter um filho? Não queres para mim a glória que os deuses te negaram? Aprendi a obedecer-te e é a seguir-te que caminho para a perdição. É na ponta da tua lança que verei o fim dos meus dias. Pois seja, Taba-Mayeba! Seja como tu quiseres!".

Mas não tinha alento para gritar este protesto. Acabou por sucumbir na vergonha da sua cobardia.

A sufocar soluços Ma-Miriam transpôs a porta da palhota para ganhar o breu da noite. Aquela era uma paisagem que um pintor louco, com um sinistro gosto pelo macabro, pincelara na tela da noite. É como se nas sombras imaginários e infinitos olhos a contemplassem. O próprio silêncio conspirava com a escuridão: de propósito tudo emudecera para que o galope do seu coração explodisse no peito e ressoasse no ar como a trovoada do tempo das chuvas.

Interroga-se por que tamanhos medos e sobressaltos se é chegado o momento por que tão ardentemente aguardara ao longo daqueles dias. A proteção do defunto Nha-Kebera envolve-a com uma crescente e agradável calma.

Depõe a oferenda sobre a sepultura e, de joelhos, entoa a cantilena de evocação:

> *Nha-Keberane*
> *Rengâ-rengâââ*
> *Djambo ra vuxika*
> *Rengâ-rengâââ*
> *Humelela ndzi ku vona*
> *Rengâ-rengâââ*

A voz, a princípio trémula e insegura, vai subindo numa toada arrebatada, fúnebre. Deixa-se enternecer pela melancolia da melopeia e canta exaltadamente como se fosse a última vez que o fizesse.

Curiosamente, em outras ocasiões, ainda com os ecos

da cantilena a pairar na noite, logo aparecia-lhe a figura de Nha-Kebera. Oh, malditos tratamentos que o afastavam de si, negando-lhe o prazer daquele reencontro e prolongando-lhe a agonia daquela saudade!

Retira-se cabisbaixa e vencida, sem que dos morros um ramo sequer se movesse para dar passagem a Nha-Kebera. Os olhos vasculharam nas sombras, os ouvidos auscultaram no silêncio. Em vão; tudo em vão.

Aspergiu sal atrás de si, conforme a recomendação da tia Taba-Mayeba para proteger-se de possíveis perseguições e de traiçoeiras emboscadas.

Na cabana o fogo ainda crepitava. Taba-Mayeba cobria-se toda, enrolada nos panos e muito chegada ao lume. Quando a porta rangeu para dar passagem a Ma-Miriam, ficou com a certeza de que naquela noite não sucedera o habitual. O espírito que mantinha presa Ma-Miriam com certeza sentira os primeiros efeitos do tratamento. Pelo menos ela voltara cedo. Suspirou. Confortada, acabou por adormecer marcando na mente um encontro com a madrugada.

Nessa noite Ma-Miriam sonhou com um Nha-Kebera trombudo a espetar-lhe um indicador descomunal e ameaçador entre os olhos. Nem, ao menos, lhe dirigiu palavra, esquivando-se às conversas com roucos grunhidos.

A tia Taba-Mayeba acordou muito cedo, mas não fora ainda à machamba. Demorava a ida à sementeira com uma ansiedade algo nervosa. Dissimuladamente lançava olhares esguelhados para a porta da palhota onde Ma-Miriam supostamente ainda estaria a dormir. Varrera o quintal e voltara já da lenha que era a última etapa dos trabalhos caseiros antes da lavoura. Não tinha o incómodo de ir ao poço porque o que Sanga-Kebera abrira no quintal, já lá vão que tempos, felizmente ainda dava água para todas as necessidades.

Finalmente, Ma-Miriam transpõe a porta da choça e mete-se no carreiro das traseiras em direção à campa de Nha-Kebera. O rumorejar do capim pisado, esbatendo-se na distância, traz a Taba-Mayeba a certeza de que daí a pouco estaria consumada aquela história embrulhada em tanto mistério.

De Khamba o sol vai ganhando altura num céu sem nuvens e promete um dia quente e claro.

Ma-Miriam despertou com a sensação de que aquele dia era o último da sua vida. Vem-lhe à memória a morte de Kha-Kwana. Uma profunda angústia rouba-lhe as forças. É tal a opressão no peito que cada suspiro é como um estertor na convulsão da agonia. É um estado de prostração, de abandono, de estupor. Sente-se incapaz de esboçar um gesto sequer para lutar. Caminha sem pressas como se forças estranhas à sua a movessem. Ali adiante já se vê a sepultura de Nha-Kebera. À medida que se aproxima, uma emoção vai crescendo dentro de si. O coração bate num galope desenfreado e pula com muito estrondo no peito frágil. O medo paralisa-a. Diante dos seus olhos, naquele chão santo, a visão é de fazer enlouquecer: sobre a campa jaz o corpo do tio Sanga-Kebera. O rosto é uma máscara de terror: os olhos desmesuradamente abertos e sem vida são o espelho da morte; a boca escancara-se babando espuma de *mpheca* e reclamando ar. Os dedos ainda se crispam, duros e hirtos, como inúteis tenazes a querer firmar-se à vida.

A *xima* e o *xibhehe* espalham-se no chão revolvido da campa formando duras pastas de um castanho-escuro medonho.

Quando a tia Taba-Mayeba ouviu o grito de Ma-Miriam cortar o silêncio da manhã e atravessar o verde das matas nem se comoveu. Adivinhara o que sucedera.

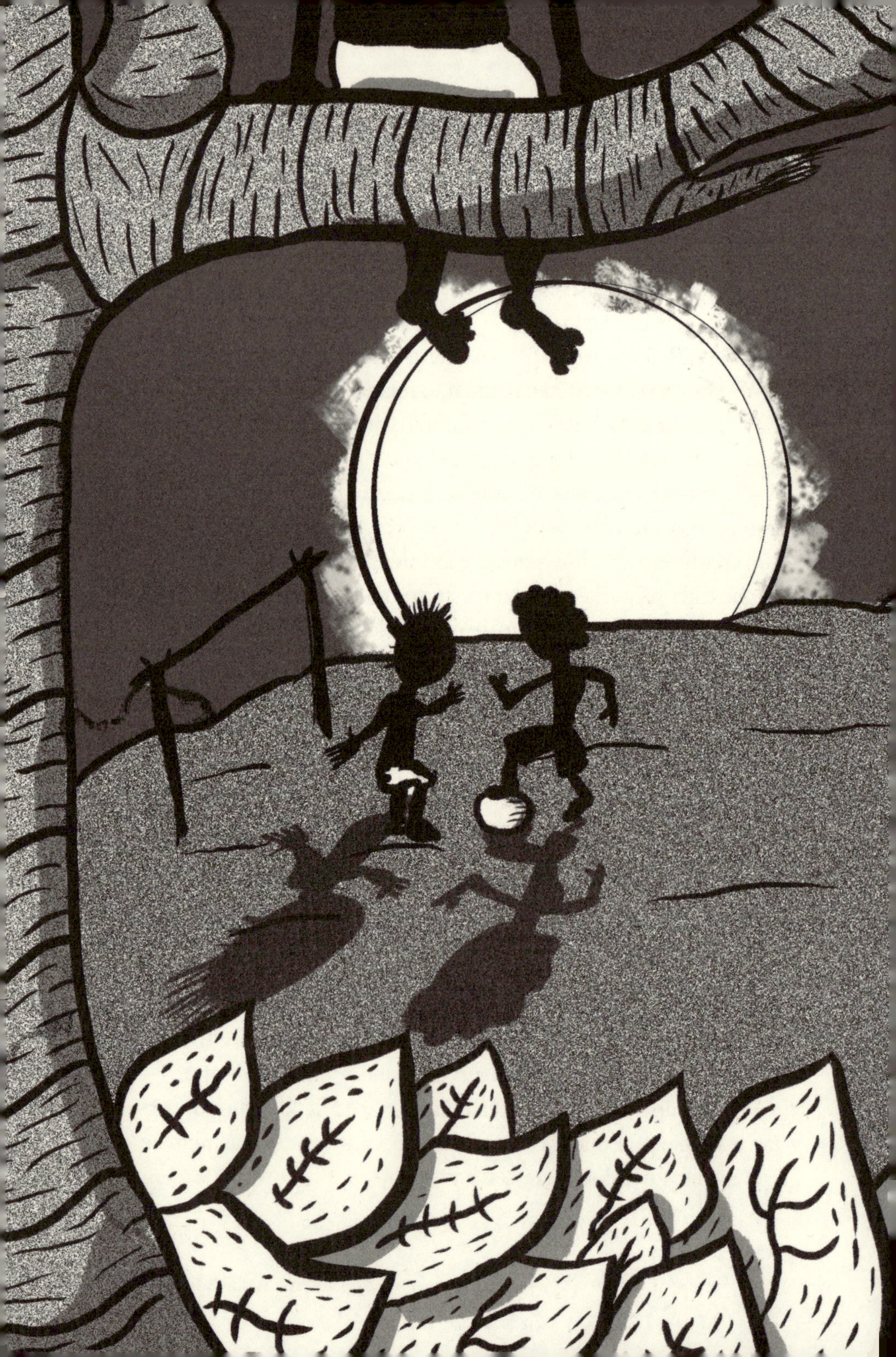

Dois muda, quatro ganha

1965. Férias de Natal.

É altura que todos aguardamos ansiosamente para organizar torneios entre as equipas da zona. Tirar teimas, acertar posições. Naquela tarde de princípios de Janeiro o jogo era contra os Brasileiros da Bucaria. Dois muda, quatro ganha. Em jogo: *zuca-zuca*. Aquele era um jogo muito importante para nós porque eles tinham-nos ganho um jogo nas férias grandes. Era um jogo de desforra. Ou nós ou eles. Nós sabíamos que neste jogo eles tinham feito seleção mas nós confiávamos na nossa equipa. Mas por causa das frangalhadas do nosso guarda-redes perdemos o jogo. Desta vez é no nosso campo, o Estádio 11 de Novembro. A ideia de 11 de Novembro foi do pai do Manhusse que é do Desportivo e gosta muito da nossa equipa. Deu-nos três e quinhenta para batizarmos o nosso campo com a data dos anos dele. O nome ficou.

No jogo quem está a guardar o dinheiro é o Albino, um muquilimana que não trabalha, neutro, que cobra uma quinhenta por jogo.

"...a bola nos pés de Mafikana, finta um-dois-três, cruza para a direita, o esférico está nos pés de Mateu que remata forte para a baliza e é goooogoooollllôôôôô... do Duklaaa!... Um-zero no marcador ganha a equipa do Duklaaa!... Um-zero no marcador ganha a equipa do Dukla do Bairro!..."

O Ntavene é o relatador de serviço. Lá em cima da árvore que cresceu mesmo no meio do campo está a relatar, muito animado, o decorrer do jogo. Todos gostamos dele porque nos fornece mafurra do quintal dele. É daquela grande, branca e bem boa, sem olho. Ele diz que a semente veio lá de Zavala, terra do pai dele. Mas não é só isso. É ele que nos costuma pagar matortor, pirlitos ou scones, às vezes doces loumar. A mãe dele tem banca no bazar de Xincadjuanine, por isso para ele é mais fácil arranjar dinheiro do que qualquer um de nós. Às vezes a gente chamamos a ele Massala, por causa das massalas que a mãe dele traz das Mahotas onde tem machamba de *mbowa*, cebola, tomate e cana-doce. Então o Ntavene comeu como se chama comer. Desde esse dia era só dor de barriga, maiwê, a rebolar no chão. Ficou três dias sem ir à casa-de-banho. Peidar nem um bocadinho! Então a mãe dele disse não, tenho de levar o miúdo no hospital. Levou a ele no posto de Mundhavaze onde o sodotor baixou o olho dele, palpou a barriga e, coitadinho, meteu o dedo no cuzinho entupido do nosso amigo. Depois deu comprimidos de esse-bé-três e disse este toma agora, este toma à noite. A dose não sei se foi demais. Purgou três dias seguidos e ficou esses dias todos sem se poder mexer. Nessa semana ficámos todos muito tristes porque ele é mesmo nosso amigo e companheiro. Sem ele não há relatos nem claque, porque ele sozinho faz mais barulho do que toda a claque dos nossos adversários.

"Senhores ouvintes, há sururu na baliza dos brasileiros. Todos os jogadores do Dukla estão junto à baliza do adversário e reclamam golo. Os brasileiros estão a dizer que não foi golo. Mas vamos descrever *a* jogada: depois do remate do avançado-centro Mateu a bola bateu no caniço que caiu para o lado. Os brasileiros dizem que a bola passou por fora mas os duklenses dizem que não. A confusão continua. Eu acho que a culpa é do guarda-redes porque não enterrou bem o caniço, nem pôs pedras para calçar. Com a força do remate o caniço caiu para o lado... Berec-Berec-Berec, para o seu rádio só pilhas Berec... Enquanto a confusão continua vamos ligar para os nossos estúdios... Ti-rom, ti-ram, tralálá-tralálé, tindóm tindém...". Logo no primeiro minuto do jogo mas esta gente dos brasileiros já começaram a batotar. Se a bola bateu no caniço por fora como eles dizem, porquê que ele foi cair fora e longe da baliza?

Enquanto a discussão sobre golo não-golo continua o Nhaquene, que é suplente, descobriu que no outro poste-caniço o guarda-redes deles enterrou sal com cinza e uma moeda da África do Sul. Desenterrou tudo com o pé e gritou: estes gajos estão a jogar com cuche-cuche, pora, pá! A confusão foi transferida, adiado o problema do golo não-golo. O guarda-redes deles agarrou o Nhaquene pela camisa e perguntou o quê que estás a fazer seu confusionista de merda? Queria lhe dar um murro. Aí já não! O nosso capitão e beque da equipa disse: se tocas nesse miúdo ficas sem os dentes. Então veio um gajo que estava calado e sentado atrás da baliza deles. Agarrou o nosso capitão e deu-lhe um soco na barriga. Era o salva-vida deles, gatuno e zaragateiro. O nosso capitão pôs-se em termos, pronto para a luta. E tudo à volta parou, ia sair porrada. Eu quase tinha pena daquele defensor dos brasileiros. Ele não conhece o nosso capitão que é bem calado e não gosta nada de se meter em broncas. A gente chamamos a ele Fai-Khokho, o "quebra cocos". Tem uma cabeça comprida, dura como ferro. O valente dos brasileiros saltita à volta do adversário como Carlos Fonseca. A malta dele apoia: vai Makhelene, dá-lhe até sangrar, vai, não perdoa o gajo! E ele salta como um gato para agarrar o pescoço do nosso companheiro, mas só levou um pontapé na barriga. Caiu, mas levantou-se logo com uma cara de enjoado.

Saltou outra vez, outro pontapé. Outra vez no chão. A malta dele já está a começar a ficar calada. Então é a nossa vez: vai, força nele, porrada no gajo! Makhelene já está à rasca, já não salta tanto e evita aproximar-se do adversário. Até recua um pouco quando o nosso companheiro faz finta a fingir que se está a aproximar. À volta estamos todos a aquecer: não me empura fachavor senão... De repente Fai-Khokho salta sobre o já muito afinado defensor dos brasileiros, agarra na cabeça dele e zás! Ferra-lhe uma tremenda cabeçada na boca.

Parecia o barulho de um coco a partir-se. Começou a correr sangue da boca do brasileiro. Não aguentou a pancada, começou já a andar à roda cheio de vertigens como o pai do Ntavene no tempo do caju. Dois dentes estavam no chão, a cara cheia de sangue. Então apareceu uma pessoa grande com um pau e disse só sacana então você queres matar o rapaz não é?!

Começou a distribuir pauladas a torto e a direito. Dispersámos a insultar o gajo por ter estragado e interrompido o espetáculo. Os amigos dos Makhelene estavam à volta dele para dar apoio. Alguns estavam a pôr-lhe bocados de jornais para parar o sangue que corria dos lábios que já pareciam uns bifes.

O Ntavene, que por uma questão de vício já estava a relatar a luta, volta para os estúdios lá em cima da árvore.

De novo em linha com o Estádio 11 de Novembro onde um doente dos brasileiros invadiu o campo mas foi rapidamente neutralizado.

Voltamos ao problema do golo. Há confusão outra vez na baliza porque os duklenses dizem que o jogo não recomeça enquanto não se validar o golo. Daqui onde estamos podemos ver um jogador do Dukla a fingir que está a arranjar a baliza dos brasileiros mas está já a batotar. Ficou combinado que cada baliza teria onze passos, mas a dos brasileiros já deve ter doze. Mas ninguém viu porque estão todos na confusão do golo.

...Tão boa, tão boa, tão boa Laurentinaaaa... beba Laurentinaaaa!!!...

Acho que esse problema do cuche-cuche que houve foi burrice do guarda-redes deles. Nós também jogamos com cuche-cuche. Quem está encarregado disso é o Nwanhaca e o nosso guarda-redes o João. O avô do Nwanhaca é curandeiro e vive na Mafalala. Noutro dia fomos lá e ele vacinou toda a equipa nos pés e deu um remédio para pôr na nossa baliza. O João foi instruído sobre o lugar e a maneira de usar o remédio.

O avô do Nwanhaca chama-se Stephane e é o cuche-cucheiro do Gazense. Antes dos jogos a bola do Gazense mais as camisolas dormem em casa dele para fazer os tratamentos. Na bola não sei como é que ele faz, mas os guarda-redes das equipas adversárias queixam-se que quando querem agarrar uma bola de um remate só ouvem piu-piu-piu parece que um pintainho está dentro dela. Por isso o Gazense não perde com nenhuma equipa da zona.

O João é bom guarda-redes mas tem três problemas.

O primeiro problema dele é por causa do ranho. Está sempre fum-fum, a fungar.

Às vezes vem uma bola que ele podia agarrar muito bem, mas dá-lhe o ranho para se assoar. Então vira a cara para o lado e a bola entra. Já passámos mal por causa do ranho de uma pessoa. Já dissemos a ele muitas vezes ó pá se não acabas com essa mania não jogas mais. E ele disse a culpa não é minha é desta constipação que nunca mais acaba. Ameaçámos utilizar o suplente dele. O Agostinho Homem-Mola. Mas vimos que não dá porque o Homem-Mola é muito frangueiro. Sempre que vem uma bola quer fazer estilo e as bolas entram todas. Por isso que o nosso lugar mais fraco na equipa é a baliza.

 O João gosta de jogar de joelheiras. Rouba as meias podres do pai dele, corta e põe nos joelhos. Estila muito com isso e gosta quando a gente chamamos a ele Carlos Gomes. Tem uma coleção de recortes de jornais que cola num livro grande e velho com restos de arroz cozido que rouba da panela da mãe dele. Nessa coleção só tem imagens de jogadas junto à baliza com os guarda-redes a voar.

 O segundo problema dele é que tem os olhos piscos, sempre a pestanejar. Às vezes deitam lágrimas sozinhos sem ele estar a chorar e estão sempre encarnados. Tudo começou no dia em que a mãe dele passou pela nossa casa para cumprimentar a minha mãe porque são comadres. Bondia, comadre. Eh, lá em casa tenho um problema com o seu afilhado, os olhos dele estão inchados e muito encarnados e de manhã ele nem consegue de abrir. É mexe-mexe comadre, respondeu a minha mãe. De manhã põe limão nos olhos dele. Ele vai dançar *nghalangha* porque limão arde muito na vista. Depois põe xixi. Xixi mesmo comadre? Sim comadre, xixi mesmo. Vai ver que ele depois de três dias está bom. Oh, comadre muito obrigado, vou fazer assim. E a mãe dele foi embora. Uma semana depois a mãe do João apareceu outra vez lá em casa com cara de zangada. Disse à minha mãe comadre o remédio que você me receitaste para a criança não está a fazer como você estavas a dizer. Os olhos dele agora parecem tomate, estão mais inchados e mais encarnados. Mas como estás a fazer afinal comadre? Perguntou a minha mãe. Estava a estranhar porque connosco o tratamento dá sempre resultado. Depois do limão eu faço xixi numa lata de cruz-azul e deito nos olhos dele. Ah-ah-ah, riu a minha mãe. Oh comadre não é o teu xixi que deve pôr, é xixi dele do miúdo. Oh comadre não me diga! Afinal é o xixi dele? Você fez de propósito não me explicar bem para matar o meu filho. Sua feiticeira, comilão de crianças. E fez *nkulungwanas*. As pessoas começaram a encher. A minha mãe não deixou insultar mais. Agarrou pelos cabelos, mordeu no pescoço e atirou com ela para o chão. A mãe do João só gritava não me mata comadre e esperneava muito. Durante a porrada até nós vimos que a mãe do João usava calção feito com pano de farinha-celeste porque tinha o desenho de uma Celeste nesta parte da nádega.

Isso foi na hora do meio-dia. Vinham homens e diziam oh comadres isto não se faz, fachavor cada uma esquecer e ir atender o seu marido. E o assunto assim acabou. Mas a partir desse dia quando as duas comadres se encontram é só cuspir para o lado com desprezo.

O terceiro problema é por causa dos pés dele do João. Quando anda parece que tem *matequenha*, não consegue de pisar bem o chão. Quando joga não consegue atirar a bola para longe, assim os adversários apanham jogo e atacam. Começou a andar assim desde aquela noite em que estávamos a brincar *mbhalele-mbhalele* junto a um poste de iluminação. Não sei se ele estava cansado ou não mas de repente já estava a dormir. O Matiasse Esquerdão disse chiu, deixa lá o gajo dormir, eu vou-lhe acordar bem. Foi para a casa dele buscar um jornal e fósforos. Rasgou pedacinhos do jornal e foi metendo entre os dedos dos pés do João que já roncava. E depois acendeu. Coitadinho do João, saltou quase três metros de altura. Caiu mas levantou-se logo. Sacudia os pés com muita rapidez quase parecia estar a dançar roque. Desapareceu com muita velocidade para a casa dele aos berros e os pés a deitar fumo.

O pai dele veio logo depois com cara zangada e um grande cinto na mão e perguntou quem fez aquilo ao João. Não-fui-eu, não-fui-eu! Parece que tínhamos todos combinado. O pai do João não quis saber, começou logo a trabalhar com o cinto.

O João é boa pessoa mas ele fica muito bravo quando a gente chamamos a ele John Tekenha por causa dos pés. Aí vocês podem lutar até à meia-noite do dia seguinte.

"Senhores ouvintes, parece que já há acordo em relação ao golo. O jogo vai recomeçar com um lance de bola no ar junto à baliza dos brasileiros. Bola lançada no ar, há dois jogadores que saltam, falham a bola e ferram uma tremenda cabeçada um no outro e caem estatelados com as mãos nas cabeças cheios de dores. Jogo de novo interrompido para prestar assistência aos lesionados. Zero a zero no marcador.

...Baygon... Baygon... Baygon... mata que se farta!..."

Acho que este jogo não há de acabar hoje. Ainda não jogámos quase nada e já são cinco horas. A sirene da Facobol já tocou e ainda está zero-zero. Quando é assim não dá jogar porque há muita gente que passa no meio do campo quando vem do serviço. O dono da bola também está a dizer já é tarde quero ir embora. Não é mentira porque a mãe dele está já a chamar parece um galo: Arnestôôô!... Arnestwanôôôô!...

O Arnesto é quem costuma desenrascar-nos bolas porque o pai dele trabalha na UFA. Nesse dia estávamos a jogar com a esponja dele. Como está a suplente ficou muito chateado. A gente chamamos a ele Kumura-Imbowá porque é muito escuro, feio e tem boca de bife. Acho que o pai dele rouba as bolas lá no serviço, não sei.

Afinal o jogador que se aleijou naquela jogada de bola-no-ar é o nosso médio-esquerdo o Samissone. Na testa dele tem um galo, parece que levou uma pedrada. Uma mão dele não trabalha por causa de uma injeção que lhe picaram quando era bebé. Dança bem o Quando Passo Pela Rua, Todo o Mundo Me Vê, Todo o Mundo Diz Bondia, Todo o Mundo Menos Você. Tem até um caderno cheio de versos do Orfeu Negro. O outro nome dele é Pai dos Patinhos por causa de uma mania que ele tem. Sempre que vê um pato deixa tudo o que está a fazer, corre atrás do pato até apanhar. Quando apanha leva o bicho dele e mete no cu do pato. Nós já explicámos a ele que olha Samson, qualquer dia o pato há de cagar em cima de ti e depois vais apanhar tuberculose. Mas ele não quer ouvir. Quando a gente vê uma pata com muitos patinhos diz é a mulher e os filhos do Samissone.

Eu não sei bem porque nunca contei os dentes de uma pessoa. Mas acho que o Samissone tem um problema nos dentes. Naquele Português dele o Minguinho diz que tiraram a ele os dentes alternadamente. Mas eu nunca ouvi o Samson dizer fui ao Hospital tirar dentes, aquilo é já da nascença dele mesmo. É que ele tem dente sim, dente não, parece já um velho. Quando se ri só nos faz rir com aquela boca dele.

"Por motivos técnicos o jogo entre os Brasileiros da Bucaria e o Dukla do Bairro vai ser interrompido. A iluminação do Estádio 11 de Novembro é fraca e não permite uma boa visão da bola. Por outro lado, o dono do esférico tem de retirar-se por motivos de força maior.

E assim senhores ouvintes prometemos voltar a estar convosco na próxima oportunidade. Boa-tarde e cumprimentos do relatador Paulo Terra."

E assim com zero a zero no marcador cada um de nós regressou para a sua casa para levar porrada da mãe ou do pai por causa das coisas que fez e das que não fez.

Dois muda, quatro ganha | **Aldino Muianga**

"De novo os jogadores em campo para recomeçar a partida entre as equipas do Dukla do Bairro e os Brasileiros da Bucaria. Como os senhores ouvintes devem estar lembrados a partida foi ontem interrompida porque o dono da bola queria já ir embora e estava a ficar escuro.

Os jogadores de ambas as equipas estão a dar toques na bola e a fazer exercícios de aquecimento. Os Brasileiros trouxeram hoje a sua bola. Acho que eles hoje não querem depender de ninguém e parece que vêm resolvidos a ganhar a partida.

Bola no centro do terreno. Vai dar o pontapé de saída o duklense Minguinho."

Durante a noite choveu um bocadinho, por isso o campo está um pouco duro e dá para fazer uma avançada sem tropeçar no areal. A bola até salta bem. Estamos a jogar com a bola dos brasileiros, boa e nova.

À noite eu nem senti a chuva a cair. Ouvi assim uns zun-zuns. Agora de manhã pensei que era trovoada quando vi o chão molhado, mas não era. Afinal era um gatuno que apanharam em casa do vovó Hamisse quando queria roubar patos. Não sei bem como é que foi mas dizem que o gajo tinha um pato na mão quando o vovó Hamisse lhe apareceu por trás e zumba-zumba-zumba! com a bengala dele. Com as dores o ladrão largou o bicho mais o saco que trazia e, pernas para que vos quero! Saltou o muro e desapareceu no escuro da noite. Atrás dele agarra ladrão, agarra ladrão!

Mas isto eu não ouvi, os meus amigos me contaram. Dizem que no saco do ladrão tinha um par de sapatos um bocado podres, uma alavanca de tirar pregos, um rádio portátil e muitas chaves.

O Minguinho não jogou ontem porque como é da Mocidade tinha ido lá na escola dele para saber o programa das férias. Ele é médio-centro com bom tiro e boa corrida. A gente chamamos a ele de Luís de Camões porque gosta muito de emendar os outros quando falham no Português. Quando era pequenino ainda com seis anos de idade já sabia ler a Cartilha Maternal até à página vinte e quatro, naquela parte de ó Pedro quê do livro de capa verde. Gosta muito de apanhar papéis no chão para ler e tirar erros. Noutro dia houve luta com o Timote por causa disso. O Timote vinha das carreiras onde foi buscar umas cartas que vinham de Inhambane. Como cortaram *barbatiça* o Minguinho barbatou uma e fugiu com ela. Era uma carta como nunca vi. A pessoa que escreveu não sabia mesmo escrever. No dê separa a barriga da letra do braço e não corta os tês.

O que o Minguinho leu foi:

"*Para o lio Farancesco Cumbana*

Saúcle e feliciclacle vos clesejo. Recebi a lua carla que o primo Rungo me lrouxe. Cle saúcle eslamos loclos bem, as crianças lambém eslão a brincar bem.

A encomencla de manclioca e langerina que pecliu segue na próxima semaana com a mana Rasse...".

Quando o Minguinho chegou nesta parte nós já não aguentávamos de rir. Então o Timote arrancou a carta e saiu porrada.

Não sei bem se é por causa da sopa de feijão que eles vão buscar ali na sopa dos Pobres mas o Sabão, irmão do Timote, é muito perigoso nos peidos. Ele é capaz de tocar o Heróis do Mar só com os bufos dele. Não dá cortar com ele o cometilão nem o binix. No binix ele é muito perigoso porque tem o rabo muito duro. Quando a gente damos a ele um pontapé ficamos com o pé a doer. Por isso demos a ele o nome de Sabão Cu de ferro.

O nome do pai deles chama-se Tio Batrumeu. Trabalha na estiva e vende esteiras. Em casa deles ele pregou na mafurreira junto da porta do quintal uma tábua que era dos rolamentos do Sabão e que diz: AQUI CASA VEDA XITERA, NO UM XITERA CUSTA GADA UM CINCUSCUDO. Ele tem sempre problemas com um vizinho dele, o Fuzi John. Noutro dia o Fuzi estava à rasca de uma esteira e foi em casa do Tio Batrumeu e disse olha preciso de uma esteira mas agora não tenho dinheiro. Pode levar uma compadre não tem problema, quando tiver dinheiro vem pagar. O Fuzi levou a esteira e disse obrigado compadre vou pagar no fim do mês. Isto foi no princípio do ano passado. O dono da esteira disse não, já chega! Foi em casa do Fuzi e disse você não queres pagar a minha esteira não é?! Hoje ou me dás o dinheiro ou queimo a tua casa. E trancou a porta por fora com arames. O Fuzi estava a dormir já. Acordou e disse com voz de sono: ó-raite, se você quiseres queimar a casa podes queimar, é das maneiras que nunca mais apanhas o dinheiro. Eu disse que vou pagar a esteira no fim do mês, mas não disse qual. Paciência compadre.

Até hoje o Tio Batrumeu está a fazer planos para recuperar o dinheiro porque a esteira nesta hora já deve estar podre. O Minguinho tem muitos inimigos: os cães e os donos deles. Noutro dia estávamos a jogar pi no Estádio 11 de Novembro quando o Nkarosse passou com o cão dele chamado Vata-Dlaya. O Minguinho disse eh! Vamos cercar o gajo. Todos apanhámos pedras e tomámos posições. Coitadinho do Vata-Dlaya entrou no cerco sem saber. A primeira pedrada foi minha, acertei no gajo mesmo na barriga. Virou a direção dele para o Nwanhaca. Outra pedrada. Virou outra vez, outra do Mateu mas esta falhou porque o gajo já levava muita velocidade. Com aquela pontaria dele o Minguinho primeiro afinou o olho dele e, zás! a pedra que era uma pedra-cidade foi direitinha à cabeça do Vata-Dlaya e khô! Cuim-cuim-cuim! O bicho acho que já não via nada, tinha vertigens. Na atrapalhação da fuga perdeu a direção da casa dele e foi entrar na Esquadra. Quando o Nkarosse foi buscar a ele tremia parece que tinha acabado de sair do gelo.

Acho que o cão gravou na cabeça dele os nossos cheiros porque desde esse dia começámos a passar muito mal. Não podíamos passar na rua dele, tínhamos de utilizar outras ruas para ir à cantina.

Noutro dia não sei se o Nhiko se esqueceu ou não. Foi mandado comprar pão na cantina do Ndjiva. Estava distraído a comer amendoim que roubou em casa dele quando o Vata-Dlaya sentiu o cheiro dele. Veio a voar com os dentes já prontos para morder. O que salvou o nosso amigo foi uma árvore que estava mesmo ali perto. Ele trepou com muita velocidade, parecia já um macaco. Mesmo assim o cão conseguiu morder um bocado do calção dele que tinha cintura de elástico. Ele a trepar e o cão a puxar para baixo com força e raiva. O Nhiko acabou por ficar lá em cima da árvore sozinho só com a camisa e as canelas a sangrar bem.

Mas o Vata-Dlaya pagou e bem. Quem fez o plano foi o Minguinho.

Naquela hora das onze sabíamos que na rua do Nkarosse as mamãs costumavam deitar espinhas e escamas de *magumba* numa pequena lixeira que havia aí. Muitos cães costumavam encontrar-se lá para comer aqueles restos de peixe. Muito-muito à noite é que eles são demais. Depois de comerem começam a fazer aquelas brincadeiras deles de cheirar os rabos, depois trepam uns nos outros. Quando já estão no meio do ritmo começamos a atirar pedras. Os gajos então por causa do susto interrompem a brincadeira mas não conseguem desligar. Cada um puxa para o seu lado, mas nada! Então começam a fazer *mukhunga-khunga* parece que estão rebocados.

Então nesse dia ficámos escondidos atrás do muro da casa do senhor Moisés perto da casa do Vata-Dlaya para ele não sentir os nossos cheiros. Ele saiu da casa muito devagarinho com aquelas calmas dele em direção ao tambor do lixo. Chegou perto e começou já a farejar. Saltou e entrou no tambor. Só se via o rabo do gajo a abanar. De certeza tinha muita comida lá dentro. Então o Minguinho disse vamos! Devagarinho. Chegámos perto do tambor e tapámos a boca com um saco grande e bem resistente. Com a surpresa o cão virou-se e saltou para fugir. Mas só entrou dentro do saco. O gajo lutou mas agarrámos bem o saco, amarrámos com uma boa corda e o gajo acabou por ficar lá dentro sem poder fazer nada. Ladrou bem alto e fez grrr-grrr a mostrar aqueles dentes dele mas nada, estava apanhado. Metemos o gajo no carrinho de jardineiro que o Cegonha roubou em casa dele. Não queríamos fazer mal nenhum ao cão, só queríamos levar a ele para o forno crematório para ser queimado de vez. Quando passámos perto da Esquadra o sipaio que estava de sentinela perguntou – eh vocês, o que é que levam aí? O Cegonha disse é o meu cão que fugiu de casa, estamos a levar a ele de volta. Ah está bem! Podem ir disse o polícia. Quando chegámos ao forno entregámos o saco com o Vata-Dlaya ao homem que estava de guarda. Ele agradeceu muito e disse este cão é muito esperto nós já tentámos apanhar muitas vezes mas o gajo foge sempre. Obrigado. As gaiolas estavam cheias de cães que ladravam muito alto. Estavam à rasca porque sabiam que iam morrer.

Queríamos ficar lá até ver o Vata-Dlaya entrar no fogo mas o guarda disse:

É proibido. Era só para ver a cara dele quando começar a sentir a quentura.

Quando o dono chegou do serviço naquela hora do almoço ficou admirado por não ver o cão vir a correr para ele para cumprimentar.

Perguntou onde está o cão. A mãe do Djerrito que é uma mentirosa e é vizinha do Nkarosse disse eh o cão aqueles miúdos daquela casa, daquela e mais daquela apanharam a ele, meteram num saco e levaram nesta direção. Então foi a correr à Esquadra. O coração dele parecia já *xigubo* dentro do peito. Por acaso você não viu uns miúdos com um cão a passar por aqui? Perguntou ele ao sipaio. Vi pois, qual é o problema? Perguntou o polícia. É que o bicho é meu disse ele já com tremura na voz. Eles foram nesta direção e apontou para os lados do forno crematório.

Quando ele chegou perto a chaminé do forno deitava já um fumo escuro. Era de certeza o fumo dos pecados do Vata-Dlaya. Ele disse vocês vão pagar, vão pagar muito caro aquilo que fizeram ao meu cão e desenhou uma cruz no chão.

O pai do Nkarosse era feiticeiro mesmo. Uma semana depois da morte do Vata-Dlaya o Cegonha teve um grande problema. Vinha do nosso Estádio naquela hora das cinco, depois de um jogo contra a malta do Vieira. Passou perto da lixeira onde apanhámos o cão e picou-se no pé com uma espinha de peixe. A mãe dele tirou a espinha mas acho que ficou lá um pouco de sujidade porque o pé começou a inchar muito. Os doutores lá do Miguel Bombarda queriam já cortar a perna dele. Mas enquanto estavam a discutir corta não-corta o nosso amigo morreu. Dizem que foi por causa do tétano.

No dia da morte do Vata-Dlaya apareceu lá em casa um grupo de pessoas. À frente deles vinha o pai do Nkarosse. Falou com o meu pai não sei o quê. Só sei que o pai do Nkarosse que era padre de maziones começou a rezar bem alto e a sacudir-me todo. Na oração dele só dizia sai mademone! sai mademone! O meu pai coitadinho também rezou mas acho que estava com pena de mim por me ver maltratado daquela maneira. A mãe do Djerrito de certeza é que falou o chairman deles é aquele que parece caladinho que anda sempre com camisola amarela e calção de caqui com chapa de matrícula.

Depois de me tirarem os maus espíritos que me mandam matar cães o meu pai deu-me porrada para tirar o quê já não sei.

Quando o grupo de maziones foi à casa do Minguinho para fazer as rezas o pai dele ouviu um zunzum de pessoas que vinham a entrar. Não fez mais nada. Foi buscar o cavalo-marinho grosso e comprido com que costuma bater a mana do Minguinho por causa de namorar. Ele só disse não quero maziones em minha casa, tudo fora! fora já! Muito envergonhados os maziones saíram e foram rezar fora, já para o Minguinho e para o pai dele.

O pai do Minguinho tem mesmo muitos problemas por causa do nosso amigo que não pode mesmo ver um cão. Noutro dia estávamos a jogar covas perto da casa da Dolinha. Estava lá muita gente a beber *xidangwana* naquela hora das quatro horas da tarde de sábado. Nisto sai um cãozinho chamado Matanato (o Boateiro). O dono dele é o Makhassana que está sempre bêbado e não trabalha. Logo que o cãozinho viu o Minguinho baixar para apanhar uma pedra fez logo cuim! mesmo antes de apanhar, porque ele já conhece as pedradas do Minguinho. Fugiu logo outra vez para dentro do quintal, mas a pedra já estava a voar para a porta donde o cão tinha desaparecido. De repente vem o dono a cambalear mas quando vai a sair pela porta a pedrada que era para o cão acerta em cheio nele, nesta parte dos berlindes. Gritou logo querem-me matar! Querem-me matar! Acho que a dor era mesmo demais porque como já não aguentava caiu no chão. As outras pessoas grandes vieram ajudar a ele a ir para casa mas ele só segurava o bicho e dizia eu vi! Foi filho do manhembana! Foi filho de manhembana!

    À noite foi fogo em casa do Minguinho. O velho Makhassana foi lá em casa dele para falar com o pai. O seu filho quer-me matar, disse ele muito zangado. Olha o que ele me fez. E mostrou os berlindes dele que por acaso estavam muito inchados. Não há problema porque você já não precisa deles, disse o pai do nosso amigo já a despachar. Ele falou assim por causa dum zunzum que dizia que o Paulinho que é o filho mais novo do velho, afinal não é filho do velho. Por acaso até é muito parecido com o pai do Robão que é vizinho do velho Makhassana. Então eu não preciso deles, ehn?! Começou logo a insultar em voz bem alta. O pai do Minguinho não gostou e veio logo com o cavalo--marinho dele para dar porrada no velho.

    Um mais velho saiu da confusão e disse se você és homem salta cá para fora, não tem vergonha querer bater num velho destes. Então é você que mandas o miúdo fazer porcaria não é? E saiu porrada.

    O pai do Minguinho levou bem. Mesmo com o cavalo-marinho dele apanhou a valer. Quando ele voltou para dentro de casa todos levaram, a mãe, as filhas, os filhos, o gato, tudo.

    "Senhores ouvintes, o jogo está muito renhido. Várias oportunidades de golo criadas por ambas as equipas mas não concretizadas por precipitação dos atacantes. Equilíbrio em campo".

    "...para munições e armas contacte Espingardaria Diana na Avenida Fernão de Magalhães número cinquenta e oito...".

    Perigo junto à baliza do Dukla mas há um corte do defesa-direito Meia-Noite e a bola perde-se no quintal da casa do Nacito. É lançamento lateral a pertencer aos brasileiros.

Jogo interrompido para negociações porque os donos da casa não querem devolver o esférico. Enquanto isso chamamos os nossos estúdios.

"...Tiróm...tiram...tirem..."

Quando o Meia-Noite fez o corte a bola saltou o muro e entrou no quintal da casa do Nacito. Todos sabemos que quando assim acontece há sempre problemas porque a mãe do Nacito diz estou farta de me partirem a loiça e então de castigo fica com a bola três dias... Mas nesse dia tivemos mesmo muito azar. O Samson logo que viu a bola já dentro saltou o muro para ir apanhar antes da mana do Nacito que estava a pilar milho. Mas a bola depois de tabelar no limoeiro que havia dentro do quintal veio direitinha e com força bater nos pés do nosso amigo que vinha a correr. Aquilo parecia um chuto. A bola foi direitinha para uma chaleira que estava a ferver e pumba! Tudo para o chão. A água apagou o fogo e só se via fumo branco.

A mana do Nacito ficou muito brava. Apanhou logo a bola e meteu dentro do vestido entre as maminhas dela. Já viram o que fizeram, ehn? Já viram isto? perguntou a ajeitar bem a bola entre as mamas. A situação está mesmo difícil, porque a bola nem é nossa e quem provocou o problema foram os nossos jogadores. O Meia-Noite mais o jogador dos brasileiros que é o dono da bola entram em casa do Nacito já muito à rasca. Junto com o Samson ajoelham-se perto dela como lá na igreja. Têm as mãos juntas parece estão a rezar pai-nosso. Pode nos bater mas estamos a pedir a bola fachavor, disse o Meia-Noite com uma voz parece que está a chorar. É porque se o caso chega ao pai dele está tudo muito mal. Eu não vou bater filho de ninguém. Para vos dar a bola vocês têm que pagar os estragos que fizeram, disse a mana do Nacito. E começou já a distribuir serviço.

Tu, disse para o Samson, vai buscar aquela vassoura e varre-me o quintal que andaste a encher de covas com a tua correria. Tu, já a apontar o Meia-Noite, continua a pilar enquanto acabo de lavar a loiça que já está cheia da vossa areia. Tu, era a vez do brasileiro, vai buscar aquela lenha ali e faz fogueira de novo e põe a chaleira outra vez no lume.

Era só ver o Samson com a mãozinha dele a varrer o quintal, parecia já uma menina. E o brasileiro? Todo de cócoras soprava no fogo que não queria pegar. O Meia-Noite está com vergonha de pilar e a mana do Nacito diz mesmo se não pilas não vos dou a bola. E ele começa khu! khu! khu! De vez em quando ele olha para nós a ver se estamos a rir. A vontade é muita mas não podemos porque temos de mostrar cara de tristeza.

O Carlito Mulato quer começar já com uma confusão. Ele é um pouco grande e já anda atrás das meninas. Diz às pessoas que namora com uma menina chamada Maria Borbulha que estuda no Grémio e vive no Silex. Quando ele viu a bola no meio das maminhas da mana do Nacito começou a esfregar as mãos e a dizer já viram aquilo pá? E depois disse mesmo em voz bem alta eu gostava de estar no lugar daquela bola. A mana do Nacito acho que não gostou da brincadeira disse logo vai à merda só mulato de prova-nhangana. Acho que o Carlito não gostou da resposta porque queria já saltar o muro para ir lutar com ela. Os outros matulões acalmaram a ele e a confusão ficou assim. Não sei se o vestido da mana do Nacito era folgado demais ou não mas a verdade é que a bola começou já a descer para a barriga dela. Ficou nesta parte do umbigo parecia uma grávida pequena e bem redondinha. O Carlito começou outra vez a esfregar as mãos cheio de sorrisos. A mana do Nacito continua a andar para a frente e para trás a orientar o serviço dos ajudantes. Os olhos do Carlito parece que querem sair. Está a dizer eh pá olha para aquilo, eh pá olha para aquilo, a apontar com o dedo em baixo das saias da mana do Nacito que já está inclinada a lavar os pratos. Outra mão ele mete no bolso para ajeitar o bicho dele.

Essa gente crescida passa mal às vezes por causa das meninas.

O Carlito Mulato tem um amigo dele chamado João Mulala por causa da boca que está sempre encarnada por causa da *mulala*. Os dois andam sempre juntos quando vão procurar as meninas. Noutro dia o João Mulala viu uma menina por acaso bem jeitosinha que anda a tirar curso de corte e bordado na Extra-Escolar. O Mulala já anda há muito tempo a querer arranjar uma entrada mas a menina não dá bola. Ele primeiro tentou escrever uma carta mas viu que não dava porque a letra dele parece que uma galinha andou a esgaravatar no papel. Ficou com vergonha senão a menina era bem capaz de mostrar a carta a outras pessoas e começarem a gozar com ele. Também o Carlito Mulato amigo dele disse ó pá essa história das cartas não vale a pena, se o pai dela apanhar a carta estás na merda. Então nesse dia o Mulala disse não, é hoje ou nunca. Quando a menina acabou a escola dela nesse dia foi-se embora para casa, a cortar pelo bairro de Minkadjuíne. O Mulala com ele nas canelas da menina! De vez em quando diz eh! eh! menina desculpa faz favor, pode esperar um bocadinho faz favor, desejo trocar umas palavritas com sua excelência.

A menina respondeu logo sua excelência uma ova! Acho que o Mulala não compreendeu bem esta parte da ova porque até sorriu um bocado, pensava que ela já estava a dar bola. Afinou o Português e avançou aquela tática que aprendeu nas fotonovelas Cinderela e disse minha querida e adorada menina, luz dos meus olhos, quando eu te vi pela primeira vez até vinhas da costura o meu coração ficou em pedaços. Até nos fins de semana quando vamos tocar instrumento nos bailes eu engano e ponho sempre o mesmo disco. Como você sabe lá no instrumento eu é que carrego a bateria mas um dia hei de ser o dono do instrumento. Mas a menina nem parece que está a ouvir só põe a mão na boca para não rir. Mas ele não recua e põe mais brilho na sua pessoa. Meu anjo da guarda eu juro por tudo, alma do meu pai, não sou como esses aí, eu sou sincero, um gajo porreiro, até muitas meninas já pediram para namorar comigo mas eu digo que o meu coração está guardado só para si minha excelência, minha querida.

Quando ele fala assim ela só põe mais velocidade nas pernas. Até que chegaram naquele muro alto do Centro Associativo dos Negros da Província de Moçambique já lá mesmo nos fundos perto da Câmara.

A menina entrou de repente num quintal e o Mulala ficou fora a coçar o queixo sem saber o que fazer. De repente ela sai do quintal com um cão buldogue e diz sá Bala, agarra! O cão fez grrr e saltou logo para apanhar o desprevenido Mulala. Mas quando ele viu que não, a situação está muito mal pensou em dar às-de-Vila Diogo mas não dava porque o bicho já estava quase a cheirar as canelas dele. A única salvação era o muro. Saltou. Mas o cão saltou com ele. Ferrou os dentes num calcanhar e o Mulala só sacudia o pé para desembaraçar. Por causa de sacudir muito a sapatilha praia que ele trazia voou para bem longe e deixou à mostra a canela mordida e bem cheia de sangue. Ele conseguiu trepar o muro e cair no outro lado e só insultava sô cão da merda. Voltou para casa já bem envergonhado e a coxear mas não contou a ninguém, nós só ouvimos através da irmã do Kumura-Imbowâ que está a fazer o curso com a menina do buldogue.

Eu admiro muito quando o João Mulala jura alma do meu pai se o pai dele é vivo e até trabalha na F. Dicca.

Quando o pai do Nacito voltou do serviço a bola ainda estava presa. Ele ficou admirado com aquela confusão toda e perguntou eh o quê que se passa aqui? A filha explicou tudo. A sorte é que a mãe do Nacito não estava. Então ele disse vá entrega já a bola aos miúdos. Ela meteu a mão no vestido com cara de zangada a olhar para o pai, tirou a bola e atirou com força para fora do quintal.

Quem está mais contente de todos nós é o Meia-Noite. Se acontecesse alguma coisa à bola do brasileiro ele estava perdido com o pai dele. Desde aquele dia em que queimou um gato o pai dele não deixa sair de casa. Para ir jogar tem de sair às escondidas. O nome dele é assim porque é bem preto parece carvão. Noutro dia estávamos a treinar penalties lá no nosso campo quando ouvimos nhau! nhau! nhau! Era um gato cinzento bem grande. Estava encostado numa árvore e acho que estava com fome. O Meia-Noite que estava na baliza disse logo eh esperem aí, quero fazer uma coisa. Disse ao Nwanhaca segura o gato eu venho já. Foi a correr à casa dele. Quando voltou trazia um frasco com álcool e algodão que roubou do pai dele que é enfermeiro lá no posto. Tirou o gato ao Nwanhaca e devagarinho embrulhou no algodão como se fosse um cobertor. O gajo acho que gostou muito de ser tratado assim porque parou logo de fazer nhau-nhau. Depois o Meia-Noite regou o algodão com o álcool. O gato mexeu-se um pouco. Acho que tinha pulgas porque o cheiro do álcool incomoda as pulgas. Pôs o gato no chão muito bem e acendeu logo um fósforo que trazia no bolso. O gato não desconfia de nada. Mas depois é que viu que não, esses rapazes querem-me fazer qualquer coisa quando viu o palito aceso chegar perto dele. Queria já saltar mas já era tarde. O algodão pegou fogo logo. Com a quentura ele saltou quase três metros de altura. Veio outra vez para o chão parecia uma bola de fogo. Fugiu como uma seta em direção à casa do Sapateiro. Saltou o muro e foi encostar-se na barraca de caniço onde o Sapateiro estava a trabalhar com os sapatos dele. A barraquinha pegou logo fogo e o sapateiro se não fosse a rapidez dele a barraca tinha caído em cima dele. Mas os sapatos acho que queimaram todos porque ele não conseguiu tirar de lá nenhum, só aquele que trazia na mão quando fugiu. O gato morreu ali mesmo. Depois é que começaram os problemas. O Sapateiro quis saber quem incendiou o gato que afinal era dele. Eles viviam os dois sozinhos desde que morreu a mulher dele lá em Marracuene. Não sei se ele foi aos curandeiros ou não mas ele descobriu sozinho quem fez aquilo ao gato porque nós não dissemos nada. O caso foi parar à Esquadra por causa do pagamento dos sapatos. Até hoje o pai do Meia-Noite está a pagar as despesas dos sapatos que arderam.

"É lançamento lateral a pertencer à equipa dos brasileiros. Bola lançada, há um jogador do Dukla que domina o esférico com a barriga, trava e atira forte para a baliza... mas passa ao lado! O guarda-redes dos brasileiros pareceu-nos distraído e se a bola toma a direção certa era golo dos duklenses. Zero-a-zero no marcador".

"...Hummm, para matar a sua sede só Laurentina... uma grande cerveja para grandes sedes... Laurentina!...".

É já o segundo dia que estamos a jogar mas não há maneira de marcarmos golos, nem nós nem eles. Acho que os dois estamos a jogar com cuche-cuche muito forte. O jogo começou ontem de manhã mas golos nada! Já passa do meio-dia mas combinámos que o jogo não acaba enquanto uma das equipas não ganhar.

O nosso jogador que falhou aquele golo há bocado foi o extremo-direito o Mafikana. Ele teve uma confusão no ano passado com o pai dele por causa do gesso que ele tinha quando partiu a perna. Tudo começou naquele dia que fomos à casa da Devessana para comer amoras. A amoreira dela tinha amoras grandes e bem doces. Mas tinha lá um cão chamado Não-Sabia. Mas o Não-Sabia já não era problema porque apanhou de nós tanta porrada que sempre que nos vê só se senta em cima do rabo dele e começa a tremer sozinho. Por isso mesmo quando os donos não estão comemos amoras à vontade. Então nesse dia estávamos em cima da árvore a comer amoras e a brincar de Tarzan. Então o Mafikana quando ia saltar de um ramo para o outro escorregou e veio a voar lá de cima. Caiu mesmo ao lado do Não-Sabia que estava a roer um osso. O cão assustou-se fez cuim! pensava que era já uma pedrada. O Mafikana já não aguentava levantar-se do chão. Descemos da amoreira e carregámos a ele para casa. O pai dele quando viu aquilo só rangeu os dentes com muita vontade de lhe dar porrada. Levou a ele para o Hospital onde puseram gesso. O pai dele disse depois se te vejo outra vez a trepar árvores mato-te. Quando o Mafikana vinha assistir aos jogos ficava quase parecia que queria chorar. Noutro dia quando estávamos a brincar *xidronque*, ele sozinho tirou a perna do gesso e disse já viram? Estou bom! E ficou à baliza. Para ter o gesso dele perto tirou um dos caniços que fazia de poste e pôs a bota de gesso dele. Todos os dias faz a mesma coisa. Quando chega no campo tira a perna da bota de gesso e fica a guarda-redes. Quando acaba de jogar mete a perna outra vez no gesso e volta para casa a coxear. Então num dia desses estava ele muito bem a fazer estilo na baliza quando o pai dele passou e viu a ele a saltitar todo contente sem o gesso.

Nem acreditou naquilo que estava a ver. Chegou perto e sem o Mafikana dar-se conta levou a bota de gesso para casa. Quando o nosso amigo virou a cabeça para controlar o gesso já não estava lá. Alguém que viu disse o gesso o teu pai é que levou. O ele ficou muito à rasca e nesse dia dormiu em casa do tio dele que vive na Craveiro Lopes. Desde esse dia passou a viver em casa do tio porque o pai só diz não quero ver esse gajo à minha frente, só me faz trafulhices. Mas o tio por causa das despesas acalmou o irmão e disse olha irmão as crianças são sempre a mesma coisa, a gente pensa que estamos a fazer bem, dar porrada para educar, mas é mal para eles, deixa lá o miúdo voltar para casa. Até que o Mafikana voltou para casa sem problemas.

Quando o guarda-redes dos brasileiros se distraiu e ia engolindo aquele frango estava a olhar para os lados da casa da Devessana onde havia uma confusão. Muita gente está encostada no muro da casa para assistir. O problema é que o pai da Devessana vive sozinho só com o Não-Sabia porque a mulher dele e mais a filha vivem em Bovole onde fazem machamba e têm uma casa grande. Só no fim do mês é que a mãe da Devessana vem buscar o dinheiro do vencimento dele. Mas daquela vez acho que veio cedo demais. Chegou no comboio das dez. Quando chegou lá na casa dela era quase onze e meia. E vinha com a nossa amiga a Devessana. Bateu à porta, nada! Mas pareceu a ela ter escutado um zunzum qualquer lá dentro e então começou a desconfiar. Bateu outra vez à porta mas já com muita força. Então lá de dentro ele perguntou quem é. Sou eu abre fachavor disse a mãe da Devessana já muito chateada. Espera só eu pôr a calça respondeu ele já com afinações muito estranhas na voz. Demorou um pouco mais a abrir a porta. Quando abriu estava bem suado parece que tinha apanhado muito sol. Ela entrou logo sem pedir dá-licença. Vasculhou no guarda-fatos, nada! Mas quando espreitou em baixo da cama só viu dois olhos bem grandes e muito assustados e ouviu a respiração de uma pessoa que está à rasca. Pensou logo ferver água para deitar naquela pessoa mas viu que era demorar tempo. Pegou no pau da vassoura e começou logo a dar bem e a dizer sai daí sô *mussathanhoko* quero te ver. Gritava muito lá dentro. O pai da Devessana ainda tentou fechar a porta para não se ouvir o barulho cá fora, mas também levou com a vassoura. Aquilo começou a encher de gente que só dizia sai, sai! queremos ver, queremos ver! Quando a porta voltou a abrir o que é que se viu? A mãe da nossa amiga Dolinha só com combinação e o cabelo todo amarfanhado. E a dona da casa a dar-lhe com a vassoura. As mulheres que já enchiam o muro só diziam dá-lhe comadre! Afinal atrás dessa cara de filha da Maria se esconde malandrice, chega-lhe comadre! Bate bem nessa coisa dela para ganhar juízo! Até o Não-Sabia que estava escondido na casa de banho por causa do movimento de pessoas saiu para espreitar e dar a contribuição dele. Rasgou a combinação da mãe da Dolinha num lugar impróprio.

Quem depois pagou esta confusão toda foi o Não-Sabia. O dono dele que era do Sporting costumava chamar a ele Leão. Eu juro que nunca vi um leão assim que não morde nem ladra nem nada. Como o pai da Devessana não conseguia bater a mulher dele, ele queria que o cão em vez de morder a mãe da Dolinha naquele dia, mordesse a mulher dele. Então por causa disso e desde esse dia deixou de chamar a ele Leão. Passou a chamar ó só *nkenho* de merda!

Então por causa desta confusão o guarda-redes dos brasileiros ia engolindo um frango. Quando vimos que muitas pessoas estavam a correr para aqueles lados o futebol foi interrompido e, duklenses mais os brasileiros, corremos todos para lá para presenciar e testemunhar.

"Jogo interrompido pelo árbitro por motivos de força maior. A equipa do Dukla está a mostrar melhor fio de jogo e é aquela que mais próxima está do golo. Durante a interrupção de novo em contacto com os nossos estúdios.

...se quer tintas peça Robiallac... Robiallac... Robiallac!".

Hoje é sexta-feira. Custa sem custar este jogo até à tarde tem de acabar porque amanhã é sábado e não podemos faltar a um jogo muito importante na Baixa. É porque o jogo é Ferroviário-Alto Maé no campo do Sporting porque o Alto Maé não tem campo.

Mas o problema é que o tempo está a começar a querer chatear. Ontem à noite choveu um bocado e esta manhã quando estávamos a jogar também choveu um pouco. Até no noticiário da Hora Nativa disseram que lá em Xinavane, Vila Trigo de Morais e Magude encheu de água por causa da chuva. Para nós é um pouco bom porque com a chuva o campo fica duro e assim joga-se à vontade e depois não faz calor.

Durante a confusão da casa da Devessana o nosso capitão e dono do dinheiro, o Fai-Khokho, resolveu fazer substituições para reforçar a equipa. No lugar do Nwanhaca entrou o Anda-Roda e no lugar do Samson entrou o nosso amigo Mavoya que é albino. Depois o nosso capitão explicou o porquê destas substituições. O Nwanhaca como é bom contador de histórias vai ficar atrás do guarda-redes dos brasileiros e começar a contar aquele filme de Sentinela ou aquele de Mata-Sete para distrair a ele e assim podemos marcar um golo. O Anda-Roda vai jogar no meio campo porque é um jogador muito tímido por causa de um cheirinho que as pessoas dizem que ele tem. O problema é que um dia quando ele vivia no Tlavane em casa da avó estava a brincar à noite com a malta dele. Então viram os homens dos baldes a juntar aquelas latas todas deles para depois levarem ao camião de recolha. O Anda-Roda não pensou em mais nada. Só disse eh quero fazer uma partida a esses gajos.

Então foi buscar um pedregulho bem pesado e bim! meteu dentro de uma lata cheia de cocó. Ele só dizia que queria ver a cara do homem dos baldes quando fosse carregar aquilo por causa do peso. Mas ele não sabia que os homens eram espertos. Saiu logo um da sombra e disse eh para aí já! O Anda-Roda queria ainda fugir mas apareceu logo outro homem que agarrou o nosso amigo e disse vamos. Levaram a ele outra vez para a lata onde ele tinha metido a pedra e disseram agora carrega para o camião. Ele primeiro não queria, uma chapada! Desculpa lá, não vou tornar mais, outra chapada! Se você não carrega vamos meter a tua cabeça dentro disse o homem das chapadas. Ele então carregou aquela lata bem pesada com aquele cheiro todo a entrar bem no nariz dele.

Desde esse dia ninguém quer ficar perto dele e já lutou com muitas pessoas por causa daquela história, porque só lhe chamam nomes. A avó dele já cansada das confusões disse não, vai para a casa do teu pai para eu poder descansar. Assim o Anda-Roda veio viver com o pai dele no nosso bairro. A gente aqui não gozamos com ele porque é um pouco crescido e pode nos bater.

Então o nosso capitão acha que a fama dele de cheirar mal pode assustar os nossos adversários quando ele está com a bola e assim pode fazer avançadas à vontade. O nome dele de Anda--Roda é porque o pai dele vende lotarias e está sempre a gritar: amanhã anda-roda, compra fração, sorte grande para si!...

O Mavoya vai alinhar porque as pessoas não gostam muito

de ficar perto de um *xidjana*. Por onde ele passa as pessoas só cospem dentro da camisa e batem o peito a pedir a Zis Cristo para a mãe deles não ter um filho como o Mavoya. As pessoas às vezes gozam com ele e chamam Branco de África mas ele só pergunta e depois? Então quando ele tiver a bola nos pés durante o jogo os brasileiros vão ter medo dele e pode passar a bola aos avançados à vontade. Hoje até é um bom dia para o Mavoya jogar porque não faz sol porque o sol atrapalha muito a vista dele.

Acho que essa malta do Tlavane gosta muito de brincar com porcaria. Noutro dia o Anda-Roda contou que quando ainda morava em casa da avó assistiu a uma cena muito engraçada. Ele contou que havia uma festa de ensaios de casamento em casa de um amigo dele chamado Filiphana. No meio da dança apareceu uma malta que começou logo a armar confusão. O chefe deles chegou à porta e disse ao porteiro que estava a filtrar os amigos dos não amigos, os convidados dos não convidados: também queremos entrar! O outro só olhou para ele com cara de desprezo e respondeu isto não é festa de *xicoca-moya*. O infiltrado só abanou a cabeça e riu um bocado parece estava com pena. Parece que naquele dia ele estava com muita paciência porque nem se zangou só disse ok, já que não nos deixam entrar esta porcaria de festa também vai acabar. O porteiro muito calmo só disse experimentem só, vão ver o que vos vai acontecer. O chefe daquele grupo não respondeu nada, saiu e foi-se embora.

Passados quinze minutos ele voltou com um balde bem cheio de cocó que foi tirar de um quintal qualquer. As pessoas que estavam na festa começaram já a ficar muito à rasca por causa do cheiro e só tapavam os narizes. Alguns estavam quase para vomitar. O tipo do balde nem queria saber. Como o porteiro também fugiu por causa do cheiro ele entrou na sala de dança sem problemas nenhuns. Deixou o balde no meio e saiu para fora. A malta dele só ria e dizia estão a ver? Era isto que vocês queriam. Claro que depois cá fora saiu rija pancadaria e quando a luta estava mesmo já bem quente veio a polícia de choque estragar tudo.

Quando a confusão da casa da Devessana acabou eram já duas horas da tarde. Está a chuviscar um bocado. Lá do lado da Namaacha e da Catembe o céu está muito escuro e ouve-se o barulho de trovoada. Mas o jogo tem de continuar custa sem custar. Tirámos as camisas e tomámos os nossos lugares no campo prontos para o jogo.

"...mais uma vez em linha com os nossos estimados ouvintes aqui do Estádio 11 de Novembro onde a equipa do Dukla do Bairro, tricampeã da zona dos subúrbios e arredores defronta a aguerrida equipa dos Brasileiros da Bucaria. No marcador zero-zero.

...Tomba-Tomba-Tomba-Tombazana... beba sempre Tombazana!...

Pontapé de saída a favorecer os mafalalenses. Bola jogada no ar, Mavoya domina o esférico e dá ao seu companheiro de equipa Anda-Roda que rapidamente galga terreno. Há um defesa dos brasileiros que persegue o duklense mas desiste com a mão no nariz para espanto do público. Anda-Roda passa o esférico outra vez para o Mavoya que controla a bola ante a passividade dos brasileiros que parecem ter receio de lhe tirar a bola. Mavoya faz um cruzamento alto e há um jogador do Dukla que cabeceia forte e é... goooolllôôôô... go-go-go-gooolllôôô... do Dukla do Bairro! É gooollôôô de Pelé... Senhores ouvintes, belíssima conclusão de uma jogada clássica um-dois-dois-um entre os duklenses Mavoya e Anda-Roda. Um-zero no marcador a favor dos campeões.

Os jogadores da Mafalala estão reunidos junto à sua baliza para quaisquer conversações. Enquanto isso vamo-nos pôr em linha com os nossos estúdios para saudar o golo do Dukla com uma canção. ...Tralálá-tralálé... Tirôm-tirém...".

Confusão outra vez. O capitão dos brasileiros diz que aquele golo não vale porque fizemos seleção. Qual seleção qual quê? perguntou o nosso capitão. Todos os jogadores que estão aqui dentro do campo são nossos, não fizemos seleção nenhuma. E aqueles dois ali? perguntou o brasileiro. Quais? Aquele *xidjana* ali e mais aquele que cheira não sei o quê, respondeu o brasileiro. Ah-ah-ah, riu o nosso capitão, o Mavoya é nosso, passou a viver aqui no nosso bairro. O Anda-Roda também porque a avó dele mandou embora de casa lá no Tlavane por causa das trafulhices dele.

Nesta parte o Ntavene começou a fazer cró-cró-cró a fingir que há uma avaria nos rádios. Desce da árvore para assistir o que se passa com aquelas pessoas todas.

O problema é que lá no Minkadjuíne apanharam um gatuno. As pessoas estão a dizer que quem apanhou o tal é o Rowene. Rowene é craque do *djiva* e vive de vender lataria, garrafas e ossos no Bandeira e no Vulcano.

O ladrão foi apanhado quando estava já a fugir no meio dos becos. Ele entrou primeiro numa casa através de uma abertura que havia no caniço de uma casa-de-banho. Naquela hora da madrugada o dono da casa ouviu uns barulhos muito estranhos no quintal e as galinhas cacarejavam demais com medo de qualquer coisa. Disse não, alguma coisa se passa lá fora. Pôs o calção e pegou na moca e disse vamos embora. Quando chegou no quintal viu um homem carregado com os zincos que ele tinha guardado para substituir no teto que já estava a meter chuva. Disse eh! Quê que estás a fazer com os meus zincos? O gatuno como estava já quase apanhado começou a tremer quando viu aquela moca bem grande. Disse desculpa lá meu senhor não estou a roubar os teus zincos, entrei só para fazer necessidade maior porque estava muito à rasca. E para cagar precisa carregar os meus zincos? ehn, responde lá já, vá! O ladrão viu que o problema estava a crescer. Não esperou mais. Largou os zincos com o dono e aquele que vai! Agarra ladrão, agarra ladrão! gritou o dono dos zincos a correr atrás do gatuno. Por sorte naquela hora algumas pessoas iam para os serviços deles. Esqueceram os *manghunghos* e correram atrás do ladrão, o gajo não corria, voava. Deu muito trabalho para apanhar a ele. Muita gente já tinha desistido de perseguir mas o Rowene como gosta muito de ser afamado escondeu-se num beco por onde o gatuno estava a passar já nas calmas cheio de confiança. O Rowene caiu em cima dele de surpresa. O homem queria já desmaiar de susto. Lutaram bem, o Rowene a apertar o pescoço do gajo no chão até chegarem os homens que tinham ficado para trás e ajudaram a dominar o ladrão.

Não compreendo como é que o Rowene que é bem preguiçoso e gosta muito de dormir estava acordado naquela hora.

Quando toda aquela gente invadiu o nosso campo molhado o gatuno tinha cuecas em cima do corpo. Carregava os tais zincos para a Esquadra como testemunhas. Na cara dele e no corpo só sangue e feridas cheias de areia. Via-se que tinha levado muito bem. O polícia também deixa bater à vontade. Só quando estavam para chegar perto da Esquadra é que quer mostrar que quem manda aqui sou eu. Naquela fala dos polícias diz então vocês não sabem que não se pode agredir uma pessoa indefesa, ehn! e enxota as pessoas com o cassetete dele. Mesmo assim arremessamos pedras para o ladrão e outras para os zincos só para chatear o polícia.

Afinal o gatuno é um gajo chamado No Vala Pena. O nome dele de verdade não sei. O que sei é que é uma pessoa muito afamada por causa de roubar muito. A mãe dele ficou já bem velha muito cedo devido dos problemas dele desde muito pequenino. Porrada já lhe deu até fartar, na Esquadra já lhe levou para umas palmatoadas mas até hoje ele continua na mesma. Por isso que hoje ela só sacode os ombros e diz com esse aí não vale a pena, se quiserem podem matar até. Noutro dia o No Vala Pena foi apanhado ali na Mafalala perto da casa do nosso amigo o João Um-Mão já com um rádio portátil na mão. O dono da casa que é um gajo muito nervoso chamado Bomba-Tónica e é vocalista do Conjunto Tevu-Tevu que costuma tocar ali na Associação dos Mútuos não quis saber de desculpas. Mandou logo tirar a calça do No Vala Pena e agarrou o bicho dele já para cortar com um canivete. O gatuno suava bem e tremia parecia que estava a sair do banho. As mulheres da zona que enchiam o quintal só riam e diziam ó só Bomba, o senhor estás a perder o teu tempo, este gajo só tem isso para fazer xixi porque para o resto... no vala pena! O Bomba-Tónica ficou assim mesmo, com o rádio recuperado mas com muita raiva na cabeça porque já não sabia qual o castigo a aplicar ao No Vala Pena.

Durante a confusão do ladrão o capitão Fai foi ter com o capitão dos brasileiros para dar uma ideia sobre o jogo. Disse a ele olha, como todos os campos estão cheios de água mesmo no Vieira, no Tlavane, no Mendes e em todo o lado, vamos jogar *mudi-nkatla* convosco ali na escola dos rapazes no cimento. Estás maluco ou quê, jogarmos *mudi-nkatla* convosco? Não, nem pensar nisso! O melhor é este jogo acabar assim mesmo como está e vamos continuar quando os campos secarem. O brasileiro via-se que estava com medo porque no *mudi-nkatla* somos craques. O Fai disse ok está bem então vamos dividir o dinheiro que está com o Albino Muquilimana. Mas hoje o Muquilimana ainda não apareceu talvez por causa da chuva, não sei. Os dois capitães foram para a casa dele procurar. Nada! A avó dele que vende rapé disse ele ontem não dormiu aqui em casa, também estou atrapalhada por causa disso. E agora? Vamos esperar até ele voltar, disse o brasileiro muito preocupado com o dinheiro dele porque não confia muito no Albino.

E esperámos todos ali em casa do Albino sentados no muro da casa dele. A chuva não quer parar mesmo. Logo de manhã era uma chuva assim miudinha mas agora está já a piorar. O céu está mais escuro e lá de longe consegue-se ouvir o barulho da trovoada. Eu disse eh pá vou-me embora porque se apanho uma molha já sei o que me vai acontecer. Outro, outro e mais outro disseram também vamos embora, este problema de dinheiro é já dos capitães. Desaparecemos todos e só ficaram ali o Fai e o brasileiro à espera do Muquilimana que nunca mais havia de aparecer.

Se a chuva parar um pouco ainda há de dar para irmos ao campo ver o Ferroviário-Alto Maé. O primeiro jogo podemos perder não faz mal. Quem joga é Malhangalene-Central, jogo de marretas.

Mas a chuva não parou. Pelo contrário, parecia que os relâmpagos, a trovoada e a própria chuva tinham apostado para ver quem era o mais forte. E foi assim durante o resto do dia. Nas ruas a água corre com muita força e faz ondas grandes, escuras e sujas como o rio Limpopo. Já nem parecem aquelas ruas bonitas do nosso bairro, bem traçadas, com árvores bem tratadas pelos homens da Câmara, limpas e secas. E só água. Água por todo o lado, parece o Oceano Índico.

Lá por volta das cinco horas da tarde o mau tempo acalmou um pouco. Aproveitei para ir lá fora espreitar. Só vi pessoas a andar em cima dos muros. Os meus amigos não vi nenhum mas acho que não foram ao campo da Baixa.

Fui ver o nosso campo. Fiquei sentado no muro a olhar para aquela água toda. Era mesmo o nosso Estádio 11 de Novembro? Este? Não acredito. Cheio de água desta maneira? Tenho vontade de chorar. Aonde vamos jogar o *paulito*, o *pi*, o *mugandação*, o *mudzobo*, os berlindes e os jogos de dois-muda quatro-ganha?

Lá longe estou a ver cadáveres de papagaios a baloiçar presos nos fios eléctricos e nos postes de iluminação.

Acho que vou morrer de tristeza.

Alguns rapazes aproveitam para tomar banho no nosso desgraçado campo. Daqui onde estou consigo reconhecer um miúdo chamado Cavaro. O nome dele de verdade não sei. Nós demos a ele o nome de Cavaro porque noutro dia estavam a passar uns polícias montados em cavalos e ele em vez de dizer caaavalôôô! caaavalôôô! disse caaavarôôô! caaavarôôô! porque ele é de Vilanculo e não sabe dizer os lês. Troca os lês por rês.

Ao ver aquela gente tomar banho no nosso campo fiquei mais chateado ainda. Disse ó Cavaro sai daí da água pá senão apanhas bilharziose. O outro só riu a mostrar aqueles dentes podres dele e continuou a nadar sem me ligar nenhuma. Meti a mão no bolso e tirei de lá a minha fisga. Pus um berlinde pequenino daqueles de pileca. Apontei bem na cabeça do Cavaro e puxei. Um segundo nem passou e já o Cavaro gritava mayôôô--mayôôô! a segurar no meio da testa que já estava a sangrar bem. Veio assim mesmo como estava sem roupa ao meu encontro a gritar ainda mais alto. Nem me apetece fugir. Pode acontecer o que for preciso, posso morrer até. Como posso viver sem poder brincar com os meus amigos nas ruas deste nosso bairro que a chuva e o vento estão a escangalhar? O pai do Cavaro ou o meu pai podem-me matar se quiserem.

Mas ninguém me matou. Só levei porrada, mas porrada a valer.

Essa história de que as pessoas apanham bilharziose quando tomam banho na água suja é ideia do meu pai, mentira dos mais velhos para não brincarmos na água. Eu e os meus amigos sabemos que um gajo mija sangue só quando come mangas verdes com sal. Isso é o que a gente sabemos mas não pode discutir com os mais velhos senão leva.

Nesta noite de Sábado é uma lufa-lufa muito grande em todo o lado. Na Hora Nativa estão já a avisar que as pessoas que estão a viver nos bairros a-b-c têm que sair rapidamente porque as águas que vêm aí cuidado com elas. Que já estão a morrer pessoas, cabritos e bois lá na zona de não sei aonde. As pessoas acham mesmo que não vale a pena continuar ali. Estão já a carregar trouxas, mobílias, colchões e todas as coisas deles para escapar às águas que não param de crescer.

Eu só tenho pena porque não consegui de despedir dos meus amigos. Quando abandonámos a nossa casa estava a chuviscar outra vez. A minha cara está molhada mas não sei se é por causa da chuva ou se é por causa das lágrimas. De vez em quando olho para trás para ver as sombras das casas que já estão sem luz, tristes e mortas.

E assim, aquele jogo entre o Dukla do Bairro Indígena contra os Brasileiros da Bucaria terminou um-zero, a favor do Dukla do Bairro.

Evidentemente!

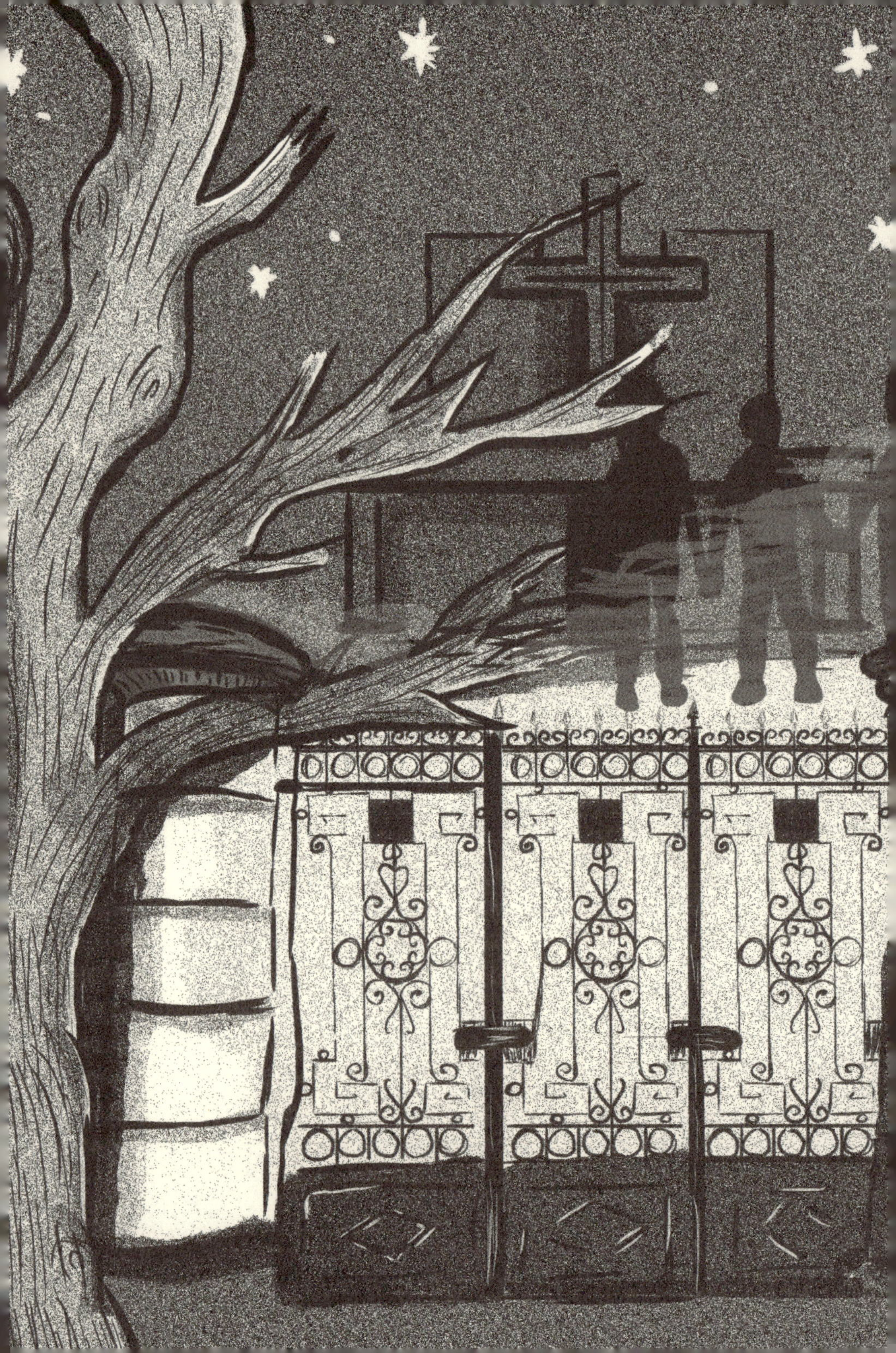

Um colar de missangas

Diz-se à boca cheia que nas tenebrosas noites do cemitério de S. Matias, crescido num extenso baldio à saída da cidade de Gogoma, os defuntos recobram vida e queimam os serões tumulares em animados e ruidosos conciliábulos.
— Aquilo é um forró indecente, indigno de venerandos e chorados falecidos – protestam ousadas testemunhas, escandalizadas.
Para tirar luz do propalado, curiosos houve que montaram guardas à socapa para captar detalhes dos comentados colóquios. De olheiras e cansaço, com a madrugada vindo já aí, abandonam as vigílias sem que lhes chegue aos ouvidos nada mais que o suave ramalhar dos arvoredos cemiteriais.
Por via dos percalços, nos povoados em redor, mal o céu da tarde se pinta de vermelho, as portas aferrolham-se e os caminhos silenciam.
Dungamizane, o Profeta, corcunda e analista da vida, vem arrastando e assombrando multidões com a secura das suas sentenças e a precisão das suas previsões. É um ser singular. Os olhinhos, metidos no fundo de um rosto seco, são frios, inexpressivos. Desse corpo macilento e encarquilhado evola-se um ar místico, sobrenatural. É costume vê-lo postado no entroncamento dos caminhos donde brada a sua mensagem. Escancara a boca enorme e deixa ver uns dentes destruídos, raros. Uma baba viscosa escorre pelo queixo e perde-se na espessura da barba hirsuta. Salta, contorce-se, gesticula e gargalha perdidamente,

dialogando animadamente com imaginário interlocutor.

Conhecedor, não se sabe a que modos, do tão falado caso de S. Matias, o Profeta tomou à sua conta e responsabilidade trazer luz para tão obscuro mistério. Sabia ser aquela a noite adequada para a vigília. Tudo conjugava-se para que assim fosse. Era a noite da terceira sexta-feira do quinto mês do ano. Noite de lua cheia atrasada. E a brisa, filha de uma recente sulada, soprava de feição. Untou o corpo com banha de porco decomposta, misturada com bosta de boi. Sobre os olhos aplicou ramela de cão e instilou extrato de caca fresca de morcego-fêmea. Bebeu largos tragos de xarope de cacto espinhoso e traz amarrada à cintura uma reluzente pele de jiboia. Uma tanga de pele de hiena cobre desajeitadamente as partes pudicas.

Assim aparelhado, quando a última badalada da meia-noite se perdia à distância, Dungamizane já se passeava nos arruamentos do cemitério de S. Matias. Caminha devagar, quase arrastadamente, perscrutando nas sombras da noite. O corpo treme-lhe numa convulsão permanente, fina. Toma lugar num banco desgastado pelo tempo e aguarda. A seus pés corre um fio de água que jorra de uma torneira negligentemente mal fechada.

As campas, caiadas, são silhuetas imóveis perfiladas na noite.

Primeiro esbatidas, mas sucessivamente, e num tom crescente, vozes guturais, cavernosas, vão subindo na escuridão. Três silhuetas de homens recortam-se no escuro e vêm caminhando devagar na sua direção. Acoitado no silêncio o que escutou foi:

– Lembram-se, com certeza, do dia em que vim para cá morar – disse o do meio.

– Aquilo é que foi um funeral, sim senhor. Só cá estava gente da alta... Era estimado, via-se – recordou-se o que ia à direita de todos.

— Não é para me vangloriar, porque isso é contra o meu feitio; mas que tinha de meu e muitos me veneravam, ah! isso posso dizê-lo sem ferir a minha modéstia — prosseguiu o Primeiro, erguendo ligeiramente a cabeça, num gesto de orgulho.

— Pois o que sucedeu nesse dia? — cortou o Terceiro, que se pelava todo por escutar uma história. Em vida saboreara muitos amargos de boca pelo hábito de recontar o que ouvisse, sempre condimentado com pitorescos detalhes de sua exclusiva lavra.

— Estava cá um tipo que, se lhe tivesse morrido a mãe, não teria carpido mais do que o fez aqui. Chorava dilúvios de lágrimas e tiveram de o amparar para não se atirar à cova — tornou o Primeiro.

— Se me não recordo! Via-se que era desespero sentido. Era seu irmão pelos vistos — interveio o Segundo.

— Qual quê, meu irmão, esse caloteiro? Se alguém beneficiou com a minha morte, esse foi um deles. Aquilo era tudo fingimento!

— Aqui vocemecê tem um defeito, desculpe a franqueza. Sempre que se põe a relatar qualquer coisa, vai por atalhos. Conte lá isso que estou morto por ouvir — impacientava-se o Terceiro.

— Pois então escutem — pigarreou, mas, mesmo assim, a voz saiu-lhe rouca. — Dada a minha posição, tive o privilégio de poder valer a meio mundo, movendo e removendo influências. Poucos podem gabar-se de não terem solicitado pelos meus préstimos. Pois esse andou metido em negócios escuros de importação e exportação de pescado. Numa operação de fiscalização descobriu-se a trama toda. Aqui entre nós, para negócios é preciso ter guelra.

— E depois... — incitou o Terceiro morto.

— E depois intervim eu porque havíamos estabelecido uma sociedade. Nessas condições havia que salvaguardar os interesses da sociedade. Como Administrador da Fazenda nada me custou inscrever e dar existência legal em notário à dita empresa, com o pomposo nome de "Imp. & Exp. Pescados, Lda" da qual o meu amigo tomou a gerência. Por motivos evidentes não fiz constar o meu nome no Conselho de Administração Geral.

– Havia algum mal nisso? – admirou-se o Segundo morto, a franzir a testa oculta por um barrete escuro.

– Eu já estava demasiado comprometido em outras questões. Aliás, se me mantive naquele posto até à minha morte foi graças à serventia que fazia ao topo. Era uma pedra útil no xadrez da Política e das Finanças, o ponto de equilíbrio da sociedade. Se com isso ganhei galardões, não é menos certo que também angariei inimizades.

– E o tal amigo... – insistiu o Terceiro morto.

– Em posição legal e sem mais quês com a Justiça, o gerente da "Pescados" foi-se esquecendo das luvas a que eu tinha direito. A princípio argumentava que tinha problemas de escrituração, depois eram outros e mais outros ainda, para mais tarde deixar definitivamente de respeitar o compromisso assumido.

– E deixou isso ficar assim? Havia de ser com o filho da minha mãe! – subia a neura ao Terceiro morto, a erguer o punho magro, ameaçador, para o assestar em seguida no joelho pontiagudo.

– Claro que não! Comecei por armar-lhe as primeiras ciladas e via-se que já andava meio atarantado porque havia-lhe estrangulado as exportações e, inclusive, pus dificuldades à colocação dos seus produtos no mercado interno.

– Bem feito! – exclamou o Terceiro morto, entusiasmado.

– De manobra em manobra, fui apertando o cerco e ele já não sabia como desenvencilhar-se da situação. Vezes sem conta marcou-me audiências em privado, emboscou-me à porta do escritório para, solícito e humilde, me pedir conselhos e perdões. É óbvio que eu não encaminhara a questão à Justiça pelas ligações que tinha com ele, mas dei a entender que as autoridades lhe estavam na peugada, através das solicitações da Fazenda aos Bancos, do Capital da "Pescados".

— Não foi mau truque — comentou o Segundo morto que, embora animado com a história, nada entendia de economias e capitais, juros e fundos. Não tivera o privilégio de ter em mão sequer dez notas de mil em toda a sua vida. O seu pé-de-meia, em tempo de fartura, não passara dos sete mil escudos bem aferrolhados "para o futuro dos petizes que só Deus é que sabe como será".

Um cão uivou longamente para lá do alto muro do cemitério. Outro e outros mais imitaram-no. Uma cadela paria algures nessa noite.

— Eu não tinha absoluta necessidade de me envolver em piratarias desse jaez porque, como já lhes disse, amealhara algum e alcançara uma posição social sólida e invejada.

— Infelizmente há gente assim — fez-se de novo ouvir o Segundo morto, lastimoso. — Nos tempos que correm perdeu-se o sentimento de bem fazer sem nada pedir.

— O altruísmo! — corrigiu o Primeiro morto, sempre atento à perfeição da linguagem e levemente beliscado pela alusão ao sem-nada-pedir. — Os lucros a ganhar com aquela sociedade eram para mim insignificantes. Se me associei a ele foi, isso foi, para o lançar, promovê-lo social e financeiramente. Vendo a barca navegar em boa maré, toca de cruzar as voltas ao seu protetor. — Falava irado, de indicador ossudo espetado no ar.

— Realmente vocemecê tinha razão para proceder desse modo — defendia o Segundo morto. — Esta falta de gratidão e lealdade é tónica das sociedades de hoje. A gente agarra um labéu de rua qualquer, lava-o, modela-o e dá-lhe forma de gente, e eis que, às duas por três, já em posição de vantagem, esquece-se dos degraus que subiu para ser o que é. Quantas vezes não vi eu pobres desgraçados que acabaram na tumba sem acompanhamento, sem um amigo que lhes deitasse a mão, vítimas dos seus protegidos? O mundo é assim e não sou eu que o vou endireitar. Já não vou a tempo...

— Estamos a fugir um pouco da história da "Pescados" — recordou o Terceiro morto, amante da ordem e do escândalo.

— Que mais há para contar? Tendo já em mente o plano para o aniquilar em definitivo, sucedeu o grande e grave contratempo que me conduziu à vossa companhia.

— Outra história, hein? — quis saber o Terceiro morto, a esfregar as mãos ossudas de contentamento.

— Não é história. Escutem só — disse o Primeiro morto, prolixo e animado pela ideia de recordar velhas aventuras.

A noite continua ainda muito escura. Nada se vê em redor. Estão sentados sobre os degraus de um enorme jazigo de mármore, de paredes incrustadas de algum material rosado e brilhante. À volta, uma relva bem tratada é uma fofa almofada sob os pés. Numa laje que protege a pequena entrada um epitáfio reza: "Aqui jaz José S. de Moura. Uma vida exemplar. Saudades eternas. 1906 - 1963".

O Segundo morto relanceou as órbitas a esta mensagem e pela cabeça pairou-lhe a dúvida se teria direito a semelhante homenagem. Nas pontas dos pilares anteriores do jazigo duas figurinhas de anjo talhadas em mármore reluzente debruçavam-se sobre o pequeno pórtico, eternamente vigilantes. Tinham as asas muito abertas e seguravam numa mão um ramo de alecrim e noutra uma Bíblia. Era uma catedral em ponto pequeno.

— Como lhes relatei, a minha posição social era tal que me

permitia a luxos e libertinagens a que não tinha acesso o vulgar cidadão. Disfrutava de simpatias e favores especiais. Numa destas encruzilhadas da vida, dei por mim de beiço caído – isto já lá vão sete anos – por uma dama que, se pouco tinha de bela, tinha a graça da simplicidade. Volta que não volta, lanchámos juntos em privado. Seguiu-se um jantar, outro e mais outros ainda. E como já se vê – soltou uma gargalhada que soou sonora – os encontros sucederam-se num apartamento que eu alugara só para este efeito. Segundo vim a saber o marido era piloto de guindastes e outros engenhos pesados aqui no cais da cidade. Um selvagem a merecer uma jaula.

Fez uma pausa e de novo pigarreou. O Segundo morto escuta-o, atento e interessado. Também fora piloto de guindastes e podia ser que entre os antigos colegas se recordasse dalgum com as características do selvagem a merecer jaula.

– Pontualmente, a trinta de cada mês endossava-lhe um cheque para se aguentar a si e mais aos filhos que já eram quatro. Os dois últimos... já se vê, ostentam no sangue a marca do meu avô – voltou a gargalhar, impante de orgulho.

– E o marido nunca se apercebeu das vossas ligações? – estranhou o Segundo morto. Achava que uma ligação de sete anos há de deixar estigmas e modificar comportamentos.

– Nos últimos três anos as relações entre eles eram difíceis. Julgo que não era só pelo desinteresse que ela vinha manifestando para com ele, mas também porque vinham-lhe assoprando coisas ao ouvido. "Um dia hei de te apanhar...", dizia ele à mulher nos momentos de fúria. A minha amiga pouco se ralava com o que ele dizia e continuámos a encontrar-nos com a frequência habitual.

– O que fazia ela? – quis esclarecer-se de novo o Segundo morto, para alinhavar ideias.

— Dava aulas de Português no Colégio de S. Benedito, na Polana.

Curioso, pensou o Segundo morto, a esposa, há seis anos conseguira emprego no mesmo Colégio, coisa que se não conseguia assim com estas facilidades de hoje.

— Até que um dia... — o Primeiro morto fez uma pausa arrastada, suspirou longa e profundamente. Parecia ser-lhe difícil e doloroso trazer à recordação o acontecimento que causara a sua morte. Levou as mãos ossudas aos bolsos do sobretudo para o aconchegar ao corpo e proteger-se da brisa da noite que se tornara mais cortante e fria. Julgara, a princípio, ser agradável e promovente vangloriar-se dos seus feitos. Mas à medida que se perdia no entusiasmo do relato verificava — e reconhecia-o — que fora varrido da companhia dos vivos por negligência e excesso de confiança, próprios de cavalgaduras imponderadas. Julgara-se inteligente, poderoso e intocável. Contudo, um vira--latas qualquer, em menos tempo do que leva a piscar um olho, reduzira-o a nada. Preferia adiar o relato. Queria alterar-lhe detalhes, esbater-lhe as cores.

O Terceiro morto olha interrogativamente para o narrador sem poder ocultar a expectativa que o avassala.

— É história para outra noite — esquiva-se. As órbitas fogem para o chão, furtando-as à insistência dos outros.

Ao Primeiro morto, que nascera e se criara em berço de lã, parecia que, dos seus interlocutores, o Segundo morto era o que tivera estatuto social de algum relevo. As suas intervenções, oportunas e ponderadas, e até a linguagem, diferenciavam-no do outro, mexeriqueiro sem jeito.

— E como é que você aparece aqui? — sabiamente desvia a conversa, dirigindo-se ao Segundo morto. Este tossica, um simples arranhar de garganta e, educadamente, leva o punho à boca. Endureceu os traços do rosto e contou:

— De há cerca de quatro anos até à data da minha morte, a vida no meu lar não corria de feição. A minha mulher começou por chegar a desoras.

Para depois me aparecer com prendinhas, bolsa recheada e disposição para quezílias. A princípio julguei que fosse modernice que lhe passasse. Zurzi-lhe, é certo, em jeito de chamada de atenção. Amansou. Mas mal sabia eu que por detrás daquela mansidão ocultava-se a peçonha da traição.

Os amigos diziam-me meio sérios, meio chalaceiros: "Augusto, abre o olho, qualquer dia não consegues transpor a tua porta". Mandava-os ao buraquinho dos despejos e continuava na minha. Contra o combinado, a cabra aparece-me de barriga. Barafustei. Tentei fazer-lhe ver que o orçamento não dava para mais filhos, mas ela só me dizia, enfática e fleumática, a dar estalidinhos com a língua: "Deus os há de criar". No ano seguinte, mais um. E sempre na dela: "há de haver quem olhe por eles".

Tornei-me taciturno, quezilento e assíduo ao bar do Zeca Tinto onde todas as noites entornava o meu copo de três, jogava ao vinte e um e deitava contas à vida. O Zeca Tinto, amigo de seu amigo, sem outra intenção senão ajudar-me a tirar a limpo toda aquela embrulhada, chamou-me um dia lá para os fundos da tasca e foi direto ao caso: "Aqui entre nós, sabes que nunca fui gajo de meter o dedo na vida dos outros, se me quiseres ouvir "tá", se não é lá contigo, mas não vais dizer que os amigos não te avisaram. Diz-se que a tua mulher tos anda a pôr com um manga-de--alpaca de "Mercedes". O tipo costuma vir deixá-la na esquina ali da frutaria do monhé e, ainda por cima, despedem-se aos beijos e tudo. Porra! Já muita gente viu, mas ninguém, até hoje, teve tomates para te informar. E tu aqui a afogar-te na cachaça e ela a alçar a perna com doutores. É tempo de te mexeres, carago!".

O Zeca Tinto, conhecedor da vida e dos homens, deu-me o endereço da casa onde o tipo do "Mercedes" e mais a cabra da minha mulher se encontravam. Tracei o plano e passei à ação. Aquilo não podia ficar assim, não. Então passa uma vida inteira um tipo a fuçar que nem burro e assim sem mais quês, nem porquês, está uma tipa a pô-los na testa de um homem honrado e trabalhador! Catano da merda!

Já na posse do endereço consegui localizar a casa. Era lá para os lados do bairro da Polana, num prédio com vista para o mar. Numa tarde quente, daquelas que arrastam consigo moscas, calor e muita sede, fiz o primeiro reconhecimento para desvendar os segredos da casa e os movimentos da vizinhança. Nada suspeito. Quantos dramas se não ocultariam por detrás daquelas paredes, daquela aparente acalmia que ressaltava dos rostos das pessoas, daquela imobilidade das coisas?

Facilmente consegui forçar a fechadura da porta que dava para a escada de serviço. Cautelosamente, vasculhei todos os compartimentos.

A casa estava sumariamente mobilada, embora com gosto e asseio. O quarto deles era largo, arejado e provido de uma cama enorme. Imaginei a minha mulher a rebolar-se com o sacana do engenheiro, ou lá o que era.

Apeteceu-me descarregar ali mesmo todo o carregador da FN que já me queimava a mão no bolso da samarra. No guarda-fatos havia roupa para várias mudas. O vestido cor de carmim, debruado de galão branco que lhe ofereci no seu último aniversário, estava ali a rir-se de mim. Inspecionei os bolsos dos casacos, mas nada encontrei de valor. Várias roupas interiores atafulhavam as gavetas da cómoda. Pensei em juntar aquele estrume todo, fazer com ele um bom monte e pegar-lhe fogo. Mas para que deitar tudo a perder, se sabia chegada a minha hora?

Durante duas noites consecutivas fiquei de atalaia, ansioso, no segundo quarto, à espera de ouvir algum sinal de vida. Em vão. De regresso a casa não deixava transparecer nenhuma suspeita. Tudo corria como habitualmente. Ia dando lastro ao peixe e deixava-o comer à vontade.

Larguei cedo a faina ao terceiro dia. Passava pouco das dezanove horas quando regressei a casa. Depois de me entreter com os garotos dirigi-me ao apartamento. Uma raiva turvava-me os pensamentos e não conseguia evitar um fino tremor na voz. Junto à entrada, com um à vontade que chamaria de desafio e zombaria, lá estava o "Mercedes".

Procurei pôr calma em todos os gestos. Dali já não fugiriam. Um a um, subi os degraus até àquele quinto andar, utilizando a escada de emergência.

Sabia que para se furtarem a qualquer cruzamento comprometedor, evitariam o ascensor e a escada principal. Fui subindo, calma e vitoriosamente; a cada passo um prazer infinito me invadia o espírito.

Estava no fim da minha jornada.

Encostei o ouvido numa primeira auscultação. Nem um ruído. Cautelosamente, baixei a maçaneta da fechadura e a porta abriu-se sem um rangido.

Ganhei a semiobscuridade da sala-de-estar onde não havia vivalma. No cinzeiro, várias pontas de cigarro diziam-me ter ali ocorrido um animado e prolongado colóquio que, pelo que via, fora continuar em outro lado. Dois copos vazios aguardavam vez para um novo enchimento. Para além disto, o resto estava como eu conhecera. Da sala distinguia-se nitidamente a porta do quarto principal, onde presumivelmente se encontrava o casal. Aquela encontrava-se entreaberta, sinal de suprema confiança e segurança. Através dela, e do local onde me encontrava, reconheci facilmente, dobrado sobre o espaldar de uma cadeira, o vestido que ela usara nesse dia. Dependurada sobre a mesma cadeira pendia, imóvel, a sua carteira de mão que habitualmente levava pendurada ao ombro.

    O Terceiro morto permanecia imóvel, em atitude de assombro e expectativa. Nada comentou para não interromper o relato.

    – Em face disto – continuou o Segundo morto – eu já não tinha dúvida de quem se tratava. Descalcei os sapatos para abafar o ruído do arrastar dos pés. Mal pisando o chão, aproximei-me da porta do quarto.

    Apesar de terem as luzes apagadas, pairava no quarto uma semiobscuridade que resultava da penetração da luz dos candeeiros públicos pelas janelas, também mal fechadas. Da porta assisti ao espetáculo mais macabro da minha vida.

    – Nhac! – fez o Terceiro morto, a tragar saliva para desobstruir os ouvidos, onde a respiração suspirosa e entrecortada fora acumulando de ar.

    O Segundo morto enclavinhou os dedos esqueléticos e os traços do rosto tornaram-se mais duros. A cada passo do relato ia dando a entoação adequada e concordante com o trágico da situação. E deu curso à conversa:

    – A cama estava numa revolução, almofadas pontapeadas, lençóis fora da cama e o colchão à mostra. Estendidos e enrodilhados um no outro dormiam na mais profunda das inocências, tal como Deus os pôs no mundo. Nuzinhos da silva! Viram já coisa assim? – passou interrogativamente as órbitas pelos outros. Como não obtivesse resposta, prosseguiu:

– Estavam à minha mercê. Dali podia mandá-los para o canto mais quente do inferno sem que disso se dessem conta. Mas, ná!, era preciso saberem porque morriam. Tossiquei. Uma tosse rouca, abafada, apenas para os despertar. Nem imaginam, meus amigos, o sobressalto que não foi. Arregalaram os olhos e tinham as feições de quem vem deste mundo. Ridículos e desfiguradíssimos de espanto e terror. Iam tentando repuxar os lençóis para cobrir o pudor e a pouca-vergonha. Com um pé afastei tudo para longe. Queria ver até aonde ia o seu atrevimento. Uma calma que ignorava possuir invadiu-me, dando-me mais frieza na ação.

Desembolsara do casaco a FN que mantinha apontada para eles.

– E agora?... – provoquei num tom autoritário, dominador. Ao senhor engenheiro o pomo-de-Adão subiu e desceu inúmeras vezes, em sucessivas e ruidosas deglutições. Cá para fora só vinha o eco da saliva a cair no estômago.

Os dois primeiros tiros foram diretamente à cabeça dela.

Dava-me um gozo inaudito ver aquela mistura de sangue e encéfalo a extravasar sobre a cama.

– Hac!... – fez o Terceiro morto, horrorizado. Nunca se sentira bem à vista de sangue. Um sangramento, pequeno que fosse, provocara-lhe em vida, vertigens e agonias.

– Enquanto me deslumbrava com isto – continuou o Segundo morto sem dar importância às indisposições do outro – o sacana recompôs-se e saltou da cama em direção à porta. Mais dois tiros, mas o tipo conseguiu derrubar-me e lançou-se precipitadamente para as escadas, deixando atrás um rasto de sangue. Vira-se que fora atingido em algum sítio importante. Descarreguei tiros às cegas para as escadas, mas não voltei a vê-lo mais.

O Primeiro morto mantinha-se numa atitude de alheamento e dissimulado desinteresse. Estava meditabundo. Relacionava datas e factos. Que tivera uma viatura "Mercedes", importado novinho em folha lá das europas, pois tivera. Que a amásia fora professora, pois fora. "Eu é que lhe arranjei o tacho e tudo. Que andei envolvido em tiroteios, pois andei. Coro de vergonha só de pensar nisso. Mas deixa lá acabar a história".

– O tipo conseguiu descer as escadas pois perdi-o de vista. Aliás, já levava a sua conta para lição e ganhar respeito pelo que é dos outros – foi dizendo o Segundo morto depois de uma pausa breve para passar as órbitas à nascente, donde vinha a claridade de uma lua cheia que despontava.

O céu continuava profundo e distante, limpo de nuvens. As estrelas que luziam, intermitentes, eram os únicos habitantes vivos na noite.

– Que sentido dar à vida se eu próprio destruíra o que me era mais querido e confiado? Vivi anos de ilusão tentando fazer de alguém um monumento ao qual tudo sacrifiquei. Tudo soçobrou – continuou o Segundo morto com visível amargura.

– Ouvi passos corridos nas escadas e um interminável e forte bater de portas. Lentamente abeirei-me da janela e admirei a calmaria que ia na lonjura do mar. Ali estavam as luzes da Xefina, ilha-presídio onde se abafa e amolece a Razão, e sombras dispersas de vários barcos numa faina que eu queria bem sucedida. De repente senti um oco profundo dentro de mim. Um oco doloroso, asfixiante, de agonia. Era como se uma mão invisível me tivesse penetrado as entranhas, me arrancasse as vísceras e mas retirasse pela boca. Sentia-me tonto. O céu da boca seco e áspero. Mentalmente revi a minha própria imagem. Não, deixara de ser eu! Tremia, horrorizado e enlouquecido.

Transpus a janela e vim planando do quinto andar para o asfalto da estrada, num adeus fatal e definitivo à vida.

O Primeiro morto continua abismado. Uma cadeia de pensamentos desfila pela cabeça. A história que ora escutara tinha muitos pontos concorrentes com a sua própria para ser casual coincidência. Haveria oportunidades para esmiuçar pormenores. O outro nem necessitava de detalhar o sucedido, melhor do que ele, ninguém o sabia tão claramente. Só que não precisava de pôr tamanho dramatismo nem chamar-lhe aqueles nomes todos. Era preciso ver a sua condição, apesar de tudo. Curiosamente, foi necessário morrer para conhecer o estafermo do esposo da amante. Sete anos sem lhe conhecer sequer a cara. Nítidas, as imagens dos acontecimentos que precederam a sua morte desfilam, uma a uma tão reais e tão cheias de colorido. O Segundo morto narrara aquela odisseia quase só para ele. Será que lhe reconheceu as feições mesmo tanto tempo depois da morte? Saberia que foi ele o culpado pelo desmoronamento do seu lar, a causa maior da sua morte? Sim, porque mesmo em vida, o Segundo morto, segundo aludira, sentia-se já como um morto. Para ele que sentido fazia viver se não tinha, sequer, o favor de uma atenção daquela por quem tudo sacrificara? Reconhece que viveu num mundo de hipocrisia, maledicência e oportunismo. Com isso ganhou estatuto social de excelente relevo e uma invejável conta bancária, mas para lá da morte, nas sombras da eternidade haveria lugar para as mesquinhices e crapulices mundanas? Porque não revelar também a sua verdade? Pausadamente, entre o espanto dos outros e com as órbitas fixas na lonjura o que relatou foi:

– Depois de você disparar sobre a sua mulher fiquei varado de medo. Convencera-me que o fizera apenas para nos assustar. Reparei que depois dos disparos fez uma pausa, extasiado com não sei quê, a olhar para nós. Aproveitei. Saltei da cama e consegui derrubá-lo. Como não reagisse de pronto, deu-me tempo de atingir a porta. Foi então que senti algo quente e viscoso a escorrer pelo ombro esquerdo. De certeza que me ferira. Ainda cá tenho o buraco – e meteu o dedo indicador direito numa fratura da omoplata esquerda. – Em largas passadas atravessei a cozinha e alcancei a escada de emergência. Desci os degraus quatro a quatro. O ombro sangrava, mas não sentia nenhuma dor. Na rua o movimento era intenso. A luminosidade baça dos candeeiros públicos dava um ar penumbroso à noite. Sem frear a corrida cheguei ao carro que se pôs logo a ronronar mal lhe meti a chave na ignição. Meti uma primeira muito acelerada. Os pneus guincharam furiosamente ao morder o asfalto. A segunda foi muito corrida. À terceira ia a voar. Mas... pelas trevas do inferno! que me fazia aquele asno metido no meio da via? Guinei bruscamente à direita para evitar o atropelamento. Com um estrondo que ainda hoje me faz eco nos ouvidos acertei em cheio num poste que lentamente foi vergando e acabou por estatelar-se cruzado na estrada. Ainda vi um vulto voar diante dos meus olhos, para logo em seguida estirar-se ao comprido no meio do passeio.

A lua continua a espalhar uma luz branca e o ar está fresco. O silêncio mantém-se pesado, quebrado aqui e ali pela respiração sibilada dos três.

Em cada canto da memória, Dungamizane, o Profeta, retém os detalhes deste inacreditável e tumular concílio. Aos outros coubera o insignificante acaso de escutar fragmentados passos dessas conversas de falecidos, sabe-se lá se fruto de medos e sugestões, dos boatos tecidos por amantes de escândalos.

A ele, sim, mercê de especiais preparos, descera às profundezas do Além, mergulhara nas trevas da Morte e daí sacara verdades que escandalizam. Ajeita-se melhor na sombra e, sentidos em pé, prossegue a escuta. Os olhinhos ramelosos piscam para tornar mais nítida a visão.

– Comecei a sentir que tudo girava em meu redor. As vozes de uma multidão que começava a acorrer ao local do acidente chegavam-me esbatidas pela fraqueza que se ia apoderando do meu corpo. No ombro, as dores eram penetrantes agulhadas que procurava dominar cerrando os dentes. Ainda vi o pobre desgraçado que atropelei, nos últimos estertores e convulsões da agonia. Era um espetáculo demasiado macabro.

Uma violenta vertigem derrubou-me sobre o assento e desmaiei – retomava assim o relato o Primeiro morto.

O Terceiro morto tinha o corpo rígido de atenção.

– A deduzir pela minha presença entre vós, os cuidados que me devem ter sido prestados foram infrutíferos – continuou o Primeiro morto, visivelmente consternado por tão despromovente e inglório fim. Uma morte ridícula e vexatória para quem em vida foi glorificado e quase divinizado. Sonhara ter uma morte tranquila, entre cuidados de atribulados médicos, que veriam os seus esforços baldados para restituir um alento ao seu corpo. A frágil e desconsolada viúva atirar-se-ia, entre soluços e lágrimas, ao cadáver que a Morte tornaria mais digno e majestoso. Amigos e admiradores acotovelar-se-iam nos corredores da Clínica e assediariam a equipa médica numa busca ansiosa de informação sobre o seu estado de saúde. Mas quis o acaso que tivesse de morrer em plena encruzilhada de estradas, nu e crivado de balas, qual assaltante dos caminhos, sem honra nem estatuto. "Resta-me a consolação de que a imprensa abafou o escândalo e estou convicto de que alguém tomou providências nesse sentido", pensou.

Estavam o Segundo e o Terceiro mortos estranhamente emudecidos. As órbitas de cada um saltitavam de uma sombra para outra, sem se fixar especialmente em nenhuma.

O Segundo morto, que até aí se mantivera imóvel sobre o banco, levantou-se com movimentos lentos rangendo as perras articulações. Inspirou ruidosamente e passou o braço esquelético sobre os ombros do Primeiro morto. Não eram necessárias mais palavras para ambos compreenderem que as suas vidas se haviam cruzado em muitos e fatídicos pontos.

A lua continua a despejar sobre a terra uma claridade branco-leitosa. Um princípio de cacimba produz lá ao longe uma névoa semitransparente.

O Terceiro morto desperta, por fim, com um suspiro do empolgante relato que acabava de escutar. Aconchega a gola do sobretudo ao pescoço e conta:

— Eu cá trabalhava como guarda-noturno nos "Armazéns Silva & Associados Lda", já lá vão sete anos. Não que ganhasse bem, mas sempre me dava um jeito a vantagem que tirava da venda dos produtos que, pela noite, palmava dos armazéns. Aquilo era só ver: tapeçarias, peças de tecidos caros, bebidas raras, objetos de adorno e perfumaria variada. Conto-lhes isto aqui, sem pejo nenhum, porque já nada tenho a perder e porque penso que cada um tem de arranjar maneira para se aguentar na vida, vivo e de boa saúde.

— E o que fazia a essas coisas? – quis saber o Primeiro morto, desinteressadamente, só para fazer conversa.

— Pois que lhes havia de fazer? Tinha clientes certos para esses artigos. Não julguem os senhores que os despachava a quaisquer pobretanas, não senhor! Vendia-os, isso sim, a pessoas da mais distinta classe aqui do nosso meio.

– Foi um homem de sorte não se ter descoberto isso durante sete anos – estranhou o Segundo morto.

– Tinha a cobertura de um influente membro da Administração que, vezes sem conta, pela calada das noites e com a minha cumplicidade, retirava dos Armazéns os mais variados artigos para venda ilícita. E mais, quem lhe arranjava os clientes era eu. Por isso, todas as complicações eram rapidamente abafadas e sanadas. Sob os mais variados pretextos comunicavam-se as faltas à companhia de seguros que prontamente indemnizava a casa. E tudo voltava à mesma – explicou o Terceiro Morto entre cacarejadas gargalhadas, visivelmente divertido. – A minha cara-metade servia como criada numa casa de um arquiteto reformado que, Deus lhe valha, não era homem de faltar ao respeito a ninguém. Não poucas vezes aliviou-nos de apertos de barriga com as sobras do seu rancho. Já não digo em tempo de Páscoa e do Natal. Aquilo eram cabazes de comida e bebidas até mais não poder! Os meus cinco miúdos pu-los a ganhar a vida logo ao romper do buço, que um homem, como dizia o meu avô, faz-se de pequenino. Cá para mim, cada um deve amassar a farinha do pão que come. As duas miúdas, que Deus lhes perdoe coitadinhas, arrumaram-se logo e são por aí umas perdidas...

– Mas trabalhou sempre como guarda-noturno? – quis saber o Segundo Morto, num tom policial, com as órbitas fixas nas silhuetas das árvores, lá junto à cerca do cemitério.

– Não. Não sendo pessoa de muita instrução, que eu cá nunca gostei muito de livros, fiz-me muito cedo à vida. Mal saí dos cueiros fui para ajudante de bate-chapas. Mais tarde tornei-me dono de uma latoaria que só me dava despesas e muita chatice. Larguei-a e abri uma tasca aqui à entrada da cidade. Deixem-me que lhes diga, meus senhores, aquilo é que foram uns tempos!... – meneou a cabeça cheio de saudades.

– Depois veio a tropa. Para mal dos meus pecados, fui destacado para a Marinha.

Seguiram-se viagens para Macau, Goa e aquilo tudo. Isso veio alimentar o meu espírito de aventura. Embora fosse obrigado a prolongadas ausências de casa, tomei gosto pela vida boémia dos portos que escalávamos. Uma vez terminada a tropa alistei-me como embarcadiço num cargueiro grego. Foram quase quinze anos de vida no mar, de inesquecíveis noites nos calores tropicais e toda a excitação de uma vida que os senhores, suponho, nunca conheceram.

A lua sobe vagarosamente e o manto de cacimba vai-se tornando mais espesso, mais esbranquiçado e frio.

– De tempos a tempos desembarcava aqui no nosso porto carregado de prendas, saudades e muitas histórias para contar – continuou o Terceiro morto sem se importar com a falta de atenção dos outros.

– Está na hora de recolher – fez notar o Primeiro morto.

Os contornos das campas são linhas imprecisas e muito irregulares. Sem dar importância à observação Terceiro morto prosseguiu:

– Há precisamente dez anos achei que era tempo de assentar e dedicar-me à família. Despi a farda de marujo que guardo religiosamente na mala e comecei a bater portas à procura de uma ocupação. Os longos anos de mar roubaram-me as forças e a saúde. Precisava era de trabalho que não exigisse de mim grandes estafas. Pela mão do arquiteto, patrão da minha mulher, consegui o lugar de guarda-noturno nos tais armazéns para velar pela segurança dos bens e das instalações. Como era hábito àquela hora da noite, vinha a descer a Avenida das Descobertas a caminho do serviço. Era a via que usava para ganhar tempo e assim também evitava os perigos do tráfego. Vinha a passo lento a deitar contas à vida, embrulhado no sobretudo, pois o frio começava a apertar. Mas eis que, ao passar em frente ao prédio Montenegro, oiço estampidos de uma pistola que vinham lá de cima. E pensei cá comigo: mais um que está metido em embrulhadas. Estuguei o passo, não fosse alguma bala perdida vir por aí e dar-me cabo do canastro. Não percorrera ainda dez metros quando ouvi o baque surdo de um fardo pesado a cair atrás de mim. Voltei-me, assustado. Sabem lá os senhores o que eu vi! – ruidosamente deglutiu uma bolha de ar que se lhe entalara na garganta. – Aquilo era um espetáculo macabro, nunca vi coisa assim, nem nos meus tempos de tropa e marinheiro. Um homem atirara-se lá de cima, viera por aí abaixo a planar e acabava de estatelar-se no passeio. Só sangue, mioleira e ossos partidos! Uma pequena multidão começou ajuntar-se em redor do corpo, as pessoas levantando as mais absurdas conjecturas sobre a identidade do morto e as causas do incidente. Sentia as pernas trémulas, pesadas e inseguras. O cesto de farnel que levava para a noite de vigília escorregava-me na mão suada. Ainda fiquei por ali uns minutos pregado ao chão sem saber o que fazer nem para onde me dirigir. Horrorizado, arrepiei caminho. Feito autómato, dei por mim a tentar atravessar a estrada, para fugir àquele espetáculo que me entristecia e agoniava. À medida que caminhava não conseguia deixar de olhar para o local onde aquele infeliz caíra. De súbito, ouvi o guinchar agudo de um automóvel a travar. Guinou descontrolado e cresceu sobre mim. Senti-me violentamente atirado para o ar.

Por aí rodopiei para depois cair desamparado e inanimado no meio do passeio.

O Primeiro morto voltou para ele umas órbitas carregadas de espanto e culpa. Cabisbaixo, rangeu o corpo magro e pôs-se em pé.

– O que sucedeu depois pouco importa para o serão desta noite. Só que, pela velocidade a que vinha o tipo que me matou, deduzo que estava embriagado ou possesso do demónio – disse o Terceiro morto.

Unidos na vida e na morte pela fatalidade, em silêncio, deram-se as mãos. Vagarosamente, foram-se perdendo na bruma da cacimba que se tornara mais cerrada e opaca.

Lá de nascente um halo claro anuncia um novo dia.

No crepúsculo da manhã, aos poucos, vão-se esbatendo os misteriosos poderes dos preparos do Profeta que, no banco onde montara guarda, com a baba a escorrer pela boca enorme, ronca estrepitosamente entre sonho e a imaginação.

Pôncio J.

Pôncio e seus amores

O salão está apinhado de gente. Gente apressada e impaciente que veio àquela delegação do Banco para o inevitável ritual de movimentar as suas contas. Fala em voz baixa; conversas banalizadas e fúteis, de tão costumeiras, só para queimar o tempo de espera pela chamada do número de sua chapa. Desconhecidos trocam amabilidades e lamentam a incompetência e a lentidão dos funcionários da instituição.

O zunir de umas enormes ventoinhas de teto é insuficiente para refrescar a humidade quente que se suspende no ar. É um girar lento, pesado, que mistura e renova o ar que se satura a cada minuto.

Lá fora o habitual bru-hâ-hâ: automóveis em proibidas velocidades, motociclos com escapes livres, súbitas travagens, vozes chamando, tudo num crescendo que agrava a loucura da manhã.

Os caixas soletram números com vozes enfastiadas:

– Trezentos e catorze! Chapa trezentos e catooorze!

– Quinhentos e um! Cinco-zero-um!

Os portadores das chapas anunciadas penduram os braços no ar para assinalar a sua presença. Acotovelam meio mundo para abrir caminho em direção ao balcão. Outros reviram as chapas enumeradas a conferir os símbolos.

– Chapa quatrocentos e dezoito! Quatrocentos e dezooooito!
– A resposta tarda a vir.

– Quatro-um-oito! – grita o caixa nervosamente, já a colocar de lado os documentos donde lê o número.

Como sombra esquiva, uma senhora desliza entre a multidão murmurante. Mira, com cara de meio espanto e meia timidez, os hieróglifos gravados naquele disco verde de plástico. É como se aquela chamada pouco a afetasse ou nenhuma pressa tivesse de abandonar aquele lugar. Abre caminho com vagares e discrição. É de estatura baixa. A cabeça cobre-se de um turbante colorido, impecavelmente executado, donde cai uma faixa esvoaçante sobre o ombro esquerdo. Traja de um vestido confeccionado com o mesmo tecido, estampado com imagens sugestivamente afrotropicais, que lhe desce até aos pés. Talvez a indumentária não fosse a mais apropriada para o tempo que fazia; mas, folgando sobre aquele corpinho acrescia-lhe frescura e sedução. Posta-se diante do caixa e apresenta a placa. Este deita sobre ela um olhar curioso. Não se recorda de ter visto aquele rosto entre a clientela que habitualmente frequenta aquela delegação. Apercebera-se da sua presença desde as primeiras horas da manhã. Não fora dos primeiros clientes, é certo, mas chegara cedo. Muitos depois dela haviam-se já retirado do Banco, servidos e aliviados. Por feliz coincidência, ela entregara a caderneta a si para um levantamento. Mas como retê-la ali para se deliciar com a contemplação da sua figura, para se encantar com a majestade dos seus gestos, para lhe dirigir um galanteio e, quem sabe? – propor-lhe uma entrevista, um jantar?

– Há um problema na sua conta – informa o funcionário, a insistir na exploração.

– Problemas na minha conta? – ela repete, como um eco. Ninguém diria que houvesse espanto na voz, mas sim um quê de conformação e quase indiferença. Soava cristalina, ligeiramente anasalada e contaminada de um sotaque que lhe denunciava origens nortenhas.

Pouco afeita, talvez, a burocracias, continua diante do embaraçado caixa, muda, a aguardar instruções. Ia-lhe morrendo dos lábios o sorriso que iluminava o rosto redondo. Neste existem marcas indeléveis de umas tatuagens, finas e paralelas que acentuam os mistérios da sua beleza.

– Queira deixar-me com o seu bilhete de identidade e aguardar mais um pouco – pediu o funcionário, zeloso e respeitoso. E ela assim procede. Regressa ao meio da multidão a arrastar os pés metidos em sandálias de meio-salto decoradas com desenhos vivos.

O tempo corre. Lá fora o calor aperta. É uma massa fluida, palpável e pegajosa que se cola aos corpos esgotando-lhes as energias e prostrando-os. A atmosfera é irrespirável e nela adivinha-se a bonança de um próximo e forte aguaceiro. Os funcionários aliviam os nós das gravatas e arregaçam as mangas das camisas. Os gestos são lentos, os chamamentos empastados.

Recolhida num banco forrado de napa encarniçada e coçada ela entretém-se a rolar os anéis nos dedos finos. A imaginação flutua. Saltita da figura do caixa para distantes projetos, frustradas ambições. Daquele lugar ele recorta-se em meio corpo, num semi-perfil que se desenha sério e atraente. A simpatia que irradia do sorriso com que atende cada cliente contamina-a. A cor clara do rosto e o bigode insinuantemente descaído sobre as comissuras dos lábios traz-lhe à recordação as imagens daqueles artistas americanos dos filmes que passam no Clube Militar. Desde que chegara à cidade nunca tivera a sombra de uma oportunidade de fazer amizades. Faz a vida entre as quatro paredes da casa, enfadonha, triste e vazia. Até o jardim que se espraia no quintal tem quem dele trate. Um amanuense destacado lá da 1ª Brigada responde pelos trabalhos da cozinha e pelo tratamento da roupa. Tudo à casa vem ter: o rancho, o pão, a carne, as bebidas. Os tecidos para o vestuário, e mesmo roupa já confeccionada, vêm de encomenda diretamente das fábricas.

Intransigente e conservador, o esposo é o produto de uma educação austera, de linha tradicional. Fez-se homem nas matas da Luta de Libertação. Hoje, nestes primeiros alvores da independência, é influente, poderoso, respeitado e medalhado pela bravura e intrepidez reveladas nas emboscadas do inimigo colonial-português. Confina a esposa nos estreitos limites do lar. De quando em vez, ela tagarela com a vizinhança por cima dos muros sobre banalidades e a depravação do mundo.

É certo que, por via da política de promoção da Mulher, do receio dos comentários da vizinhança e dos camaradas da Frente, o esposo abriu a exceção que se impunha; deixou-a matricular-se num curso de alfabetização, à tarde, e a assistir às reuniões da Organização da Mulher. A vontade de aprender e conhecer o mundo catapultou-a para uma terceira classe. Hoje é a secretária para a Mobilização no comité do Círculo. Em nome dos Direitos da Mulher quebrou a habitual desconfiança do consorte e abriu uma conta bancária. Toda a vizinhança soube, aplaudiu e invejou.

Que estranha e nova sensação é conversar com alguém capaz de dirigir-lhe um sorriso, palavras meigas de solicitação para aguardar ali com os modos e a simpatia com que o fez aquele funcionário. Onde fora ele buscar tão boa educação? Como era diferente do seu! Ouvira em tempos, lá na terra, que nas cidades o comportamento das pessoas era outro, que a vida era outra, mais atrativa e movimentada. E sempre ambicionou ser uma senhora como as da capital. Sonhara viver em Maputo ou na Beira, em moradia modesta, podia ser, ao lado de um homem que a amasse e respeitasse, culto e trabalhador. Aos vinte e cinco anos de idade já ia no quarto filho e levava uma vida de obediência cega e incondicional. Uma vida de soldado! O marido dirige a casa como uma posição avançada do seu Comando: com mão-de-ferro, tirania e prepotência. Comandante de uma unidade operacional, passa os dias ausente de casa, em jantares de serviço, em reuniões no Estado-Maior, em operações ou em delegações no estrangeiro. Nas raríssimas noites de intimidade conjugal precede o ato definindo estratégias, esboçando planos de assalto às bases do inimigo, a corrigir posições. Pela madrugada, embarca no WAZ a caminho do quartel com a promessa de voltar daí a tempos. Resignadamente, ela aceitou esta fatalidade como algo que se gravou profundamente no seu destino.

Onze e quarenta e cinco. O Banco está a fechar as portas. Mas ela não revela pressas. É como se a mergulhasse num enlevo a contemplação da figura daquele homem. É um estado de espírito novo, de confusão e desejo. Desejo de ter alguém que lhe fale de coisas novas, que lhe dê a mão e faça conhecer as cores verdadeiras desse mundo novo, que desperte o fogo latente duma paixão que vive adormecida dentro de si.

– Chapa quatrocentos e dezoito! Quatro-um-oito! – de novo a voz vinda da caixa número três que a desperta das meditações. Soa distante e cansada. Dir-se-ia que toda a agressividade se tivesse diluído para, mansamente, trazê-la de novo à realidade. É como se já a tivesse escutado em outras e longínquas paragens, em outras e íntimas circunstâncias.

O salão está vazio. Em algumas caixas os funcionários concentram-se em conferências e fecham movimentos.

Sonambulamente, dirige-se ao balcão. Traz no olhar a vergonha de quem se sente possuída e exposta na sua entrega voluntária.

– Perdoe esta demora. A assinatura não conferia, mas já

está tudo resolvido – informou o caixa.

Ela responde com um olhar vago, cheio de compreensão. Parecia querer dizer-lhe que, se o desejasse, poderia mantê-la ali o dia todo, que obedeceria sem se queixar.

– Quanto tem a receber? – perguntou ele profissionalmente.

– Oitocentos meticais – disse com transparência, pausadamente, como se saboreasse cada sílaba antes de a pronunciar. Pestaneja longa e dengosamente, e estende a mão para recolher os documentos e o dinheiro.

Discretamente soletra o nome gravado no crachá preso à altura do bolso esquerdo da camisa do funcionário: Pôncio J. e mais qualquer coisa no lugar de patronímico. Pôncio, algo bíblico este nome! Soa bem, fica-lhe bem.

– Queira perdoar o atrevimento. Gostaria de me encontrar consigo fora das horas de serviço para lhe explicar determinadas coisas relacionadas com a sua conta – propõe, a reter ainda na mão os papéis, ligeiramente debruçado sobre o balcão.

O timbre da voz e a firmeza daquelas palavras diziam-lhe que o que ele tinha a revelar era algo de transcendente importância. Não importava do que se tratasse, valia a pena escutar. Suspeita embora que a menção de problemas na conta possa ser um pretexto para vê-la mais tarde. É um desejo que vem ao encontro do seu. Vê-lo fora deste forno, livre das ocupações profissionais, escutar-lhe o tom meigo da voz, sentir-lhe as mãos quentes entre as suas, aspirar-lhe o perfume másculo do corpo. Não se surpreendeu, pois, quando ouviu a sua própria voz anuir, numa entrega imediata, total e incondicional.

Para Pôncio o dia correu desigual. De sentimentos abruptos, tempestuosos, viveu as turbulências de uma paixão juvenil. Teve de repetir a conferência dos dinheiros e retificar balanços;

só graças à experiência de anos de trabalho na caixa entregou o movimento certo e em ordem.

A imagem dela era algo que se agarrara à memória, ganhara vida própria e perturbava-lhe os comportamentos. Ave de arribação, foi, de certo modo, inconstante no relacionamento com mulheres. Sabe-se atraente, sedutor e bem-falante. Orgulha-se de ter bom ascendente entre aquelas. Fora-lhe impingido um casamento, já lá vão oito anos, do qual teve cinco filhos. O lar mantém-se até à data sob um equilíbrio instável, nem água vem, nem água vai. Não que tenha em vista divorciar-se, pelo menos nos tempos mais chegados. Talvez nem isso lhe convenha. Tem em casa uma esposa ignorante e submissa, que aceita a vida que tem como uma bênção, cuida dos filhos, da roupa e faz-lhe o comer. É o escudo que o protege de novos e complicados compromissos. Numa aventura de tristes recordações deu de lhe prenderem com um par de gémeos de feições iguais às suas. Não havia reclamações a fazer: registou as crianças sob seu apelido. Não faz três meses que uma colega da delegação da Malhangalene – noiva em vésperas de casamento – lhe atirou à cara a notícia de uma gravidez em curso. "Como explicar isto se o meu noivo está na RDA?", interrogava ela ao atarantado Pôncio, a apontar o baixo-ventre. Graças a uma enfermeira reformada, amiga de longa data, de experiência acumulada em vários anos no ofício, eliminou-se o pesadelo de um escândalo e de um casamento em vias de cancelamento. E o noivo casou-se mais tarde, orgulhoso e feliz, não poupando elogios à noiva bonita, dedicada e fiel, promessa de um lar estável e duradoiro.

Tivera aventuras, não o nega, mas resolvera assentar e ponderar sobre aquela vida até aí cheia de incidentes. Mas como estabilizar, se ao cabo de algum tempo de relacionamento acabava por achar a companheira superficial, interesseira e volúvel? Nunca sentiu em nenhuma o afeto e a dedicação capazes de despertar nele um verdadeiro amor. Toma-as todas por igual, frívolas, pavoneando origens e estatutos, a arrotar orgulhos, mas fatalmente iguais. Vivera paixões, mil paixões, que infelizmente morreram diluídas no desapontamento.

Àquela hora de ponta o tráfego é de entontecer. Sob a alpendrada dos prédios Pôncio lembra um detective em missão de cujo êxito depende a sobrevivência da nação. Vigilante, demora a vista a contemplar o movimento que não para de crescer. Dir-se-ia que era no "Ponto Final" que palpitava o coração da cidade. Um polícia-sinaleiro esbraceja sinais convencionais entre as estridências de um apito, mas sem resultados que se vejam.

Mira-se ao espelho das montras onde manequins exibem a brancura de uma nudez que não escandaliza: já não sobra tecido para os cobrir. As prateleiras são cemitérios onde jazem veneráveis gerações de pó, fatalmente condenadas a lá permanecer até ao dia do Juízo Final.

Dissipara-se a ameaça de chuva. A humidade que se abatera sobre a cidade diluía-se com a aproximação da tarde. Esta cai lentamente e deixa suspensa, a poente, uma claridade arroxeada. Ele espera ver destacar-se o rosto dela dessa massa de passageiros que desembarca dos hungrias, desta multidão que se acotovela nos passeios. Saudá-la-á com um sorriso cheio de ternura e paixão. E ela corresponderá envaidecida, toda requebros, pronta a fazer as suas vontades. Gostaria de vê-la como estava de manhã: o corpo pequeno a adivinhar-se no traje folgado, um corpo firme, sensual, quente de desejo. Levá-la-á ao apartamento, naquele quarto-andar, mesmo por cima do prédio "Fonsecas". Lugar de orgias, a flat encontra-se mobilada com bom gosto, geleira recheada, garrafeira a abarrotar de espirituosas importadas, vídeo e televisão para os preambulares filmes pornográficos. Para estas contingências tem a felicidade de poder contar com a amizade com que o honra um compadre influente, manda-chuva na APIE. Uma mão lava a outra – dissera-lhe este no ato da entrega da chave. Perspectiva um futuro empréstimo no Banco para o projeto de uma machamba que tem em mente. E para isso necessita de uma mão forte.

Ela parecera-lhe madura e experiente. E depois aquela aliança que vira brilhar no dedo anelar aconselhava a estratagemas superiores, a proceder com tacto e diplomacia. Já aconteceu perder promissoras aventuras, suculentas estreias, por excesso de confiança e precipitação. Esboça um sorriso ao recordar-se do truque dos documentos para retê-la no Banco durante a manhã. A sorte é para quem a merece, confidencia aos seus botões, triunfal.

A Avenida Eduardo Mondlane é uma *boulevard* que se orgulha do seu ar tropical. Nos canteiros que marcam os eixos da via, palmeiras anãs acenam despedidas ao sol que se põe. Do Alto-Maé à Polana centenas de viaturas progridem em marcha lenta, qual serpente a espreguiçar-se no entardecer.

Estava meio distraído a sobrevoar com a vista os rótulos de medicamentos expostos na farmácia da esquina quando alguém se postou ao lado e disse:

– Desculpe, camâh-chefe. Está a ser chamado ali no carro.

Virou-se e viu um militar perfilado que vestia um uniforme pingo-de-chuva puído e amarrotado.

– Eu?

– Sim, camâh-chefe.

Deve ser alguém que o conhece do Banco e quer cumprimentá-lo. O soldado toma a dianteira e dirige-se a uma viatura de marca Marina estacionada a menos de vinte metros da paragem dos autocarros. Na chapa da matrícula traz a sigla das Forças Armadas: FPLM e mais alguns algarismos desbotados. Lá dentro distingue uma mão que acena e encoraja-o a aproximar-se. Habituado a servir, o soldado perfila-se e escancara a porta para deixá-lo entrar. E ele fá-lo como um autómato.

Em segundos a viatura arranca com um ronronar suave, indício de recente lubrificação, em direção à Polana.

Pôncio não compreende ainda o que está a suceder. Pensa que está a viver um pesadelo. Olha para a cara do passageiro que está ao lado: é ela mesmo, em pessoa! Serena, procura tirá-lo do embaraço da surpresa com um sorriso cordial. Mas ele está feito uma estátua: mudo e petrificado. É a imagem do terror.

– Desculpe... atrasei um pouco – disse ela em jeito de cumprimento.

Ele rouqueja sons, como se o estrangulassem. Passa a língua pelos lábios, uma língua empastada que se recusa a articular palavras. O pomo-de-Adão sobe e desce em sucessivas deglutições de uma saliva que lhe está a ficar espessa e escassa. Passa as costas da mão pela testa fria e húmida.

Ela é a pessoa mais feliz deste mundo. Está a minutos de concretizar um desejo antigo: fazer uma amizade sólida, profunda e duradoira; de poder contar com alguém que a cubra com ternura e a inflame com o fogo da sua paixão. E ela entregar-se-á toda a esse sentimento, a esta aventura louca, antecipadamente rendida. Não que se sinta despojada daqueles preconceitos que até aí a inibiam de violar as fronteiras do matrimónio. Não! Respeita as tradições e as leis, mas como sufocar esta necessidade de se evadir, de transpor os muros que a prendem naquele mundo, de vir cá para fora aspirar o perfume da vida e senti-la palpitar no seu peito? À saída do Banco no fim da manhã, desviou o itinerário e dirigiu-se à casa da sua modista ao pé do Museu para levantar umas roupas. O silêncio do lugar encorajou-a a abrir-se. A costureira, conhecedora do mundo e das pessoas, sorriu, cúmplice e compreensiva.

– Se achas que essa amizade te vai aliviar e trazer algum benefício, porque não arriscar? – e ofereceu um dos quartos, do apartamento de três para a entrevista de logo à tarde.

– Mas, afinal... afinal, para onde vamos? – gagueja Pôncio tirando-a do sonho.

Ela atira a cabeça para trás e responde com uma gargalhada.

Membro do submundo da cidade, ele conhece histórias de concidadãos que caíram em emboscadas e foram sumariamente abatidos a tiro ou lançados de terraços, ou simplesmente obrigados a saltar pelas janelas, para virem esborrachar-se no frio dos passeios. A matrícula da viatura é o que mais o aterroriza. Nunca se deu bem com a tropa nem com fardamentos.

Imagina o esposo dela, um monstro uniformizado, com olhos de matador injetados de sangue, a surgir por detrás de uma porta, de arma empunhada a mandá-lo despir, a escoltá-lo para a rua e a expô-lo à chacota do mundo.

A viatura prossegue a viagem em marcha acelerada. Atravessa os semáforos sinalizados de verde e âmbar com perícia e rapidez.

Diante do Banco de Socorros do Hospital Central há um engarrafamento. Um camião militar derrubara um poste que caiu enviesado na via e cortara o tráfego. Há confusão, uma mistura de gritos e buzinadelas, cada qual proclama razões e reivindica direitos de prosseguir caminho.

Bem-aventurada a Providência que dá mão aos aflitos e abre-lhes portas para a salvação. Ante o assombro da companheira, Pôncio apeia-se da viatura e, sem olhar para trás, mistura-se na multidão num adeus definitivo e fatal àquela aventura.

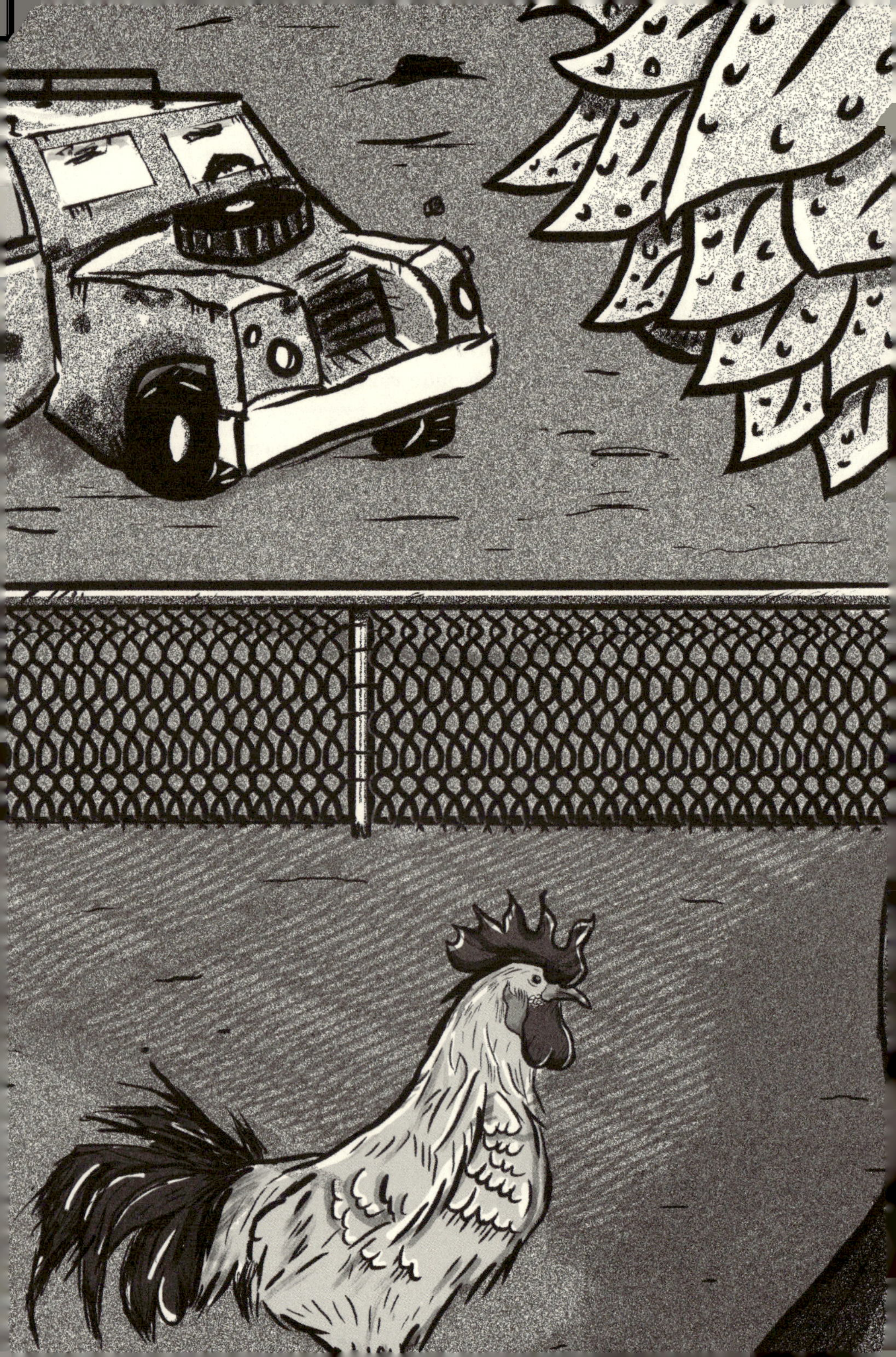

Uma prenda

Consumi aquela tarde de estação fria numa viagem de rotina à distante vila de Ntunane, no fronteiriço distrito de Ruwo.

Fazia-me envolver de um tão grandioso prazer, de uma tal leveza de espírito, meter-me, desabalado e aventureiro, por esses matos de Cristo, a desafiar a estreiteza das picadas, a fragilidade das pontes e os perigos das florestas.

As manhãs, sombrias e cacimbentas, eram frias e mal agoirentas. Aliavam-se àqueles perigos e não aconselhavam ao empreendimento de qualquer saída. Então procedia ao atendimento dos pacientes que ao longo da noite haviam acorrido ao posto e detalhava os últimos recados para aquele tempo de ausência.

É ao entardecer que, naquela época do ano, o sol morno dá alento ao verde dos matos e convida à vida.

Arrozais a perder de vista ladeiam a picada que dá saída à vila. É uma via muito sinuosa, que desenha meandros no largo vale entre os pântanos. Em anos de chuvas mais intensas, extensas lagoas tornam impraticável o acesso à vila e isolam a população nos estreitos limites das encostas dos montes. Era penoso assistir àquelas expedições de gente e animais a desafiar o declive dos terrenos e o perigo dos precipícios, em renovadas buscas de terras lavráveis e pastagens para o gado. Todavia, a vida não para. É um revezar cíclico e desgastante de esperanças e de desespero que parece ser a sina das gentes daquele ermo.

Não começara ainda a reparação da estrada visto estar a

aguardar-se pela chegada de uma importante peça para a recuperação da niveladora. Os primeiros quilómetros da viagem foram, por isso, de uma violência cujas marcas ficaram gravadas nos nossos corpos por esses dias fora. O veículo ora mergulhava nas profundas gargantas cavadas no terreno, ora derrapava e contornava grossos troncos atravessados pelo caminho, numa marcha irritante e irregular.

Avistamos as primeiras casas de Nante com a sensação de termos permanecido no interior de uma batoneira em movimento.

Nante é o marco do início da floresta, o fim do suplício. É a partir deste povoado que a estranha magia da Natureza se apossa de todos os meus sentidos e me mergulha num mundo de arrebatado encantamento. Deixo-me, então, vagar nessa sublime embriaguez, alheio aos imprevistos do lugar.

O velho Land-Rover abre o caminho meio oculto de vegetação, numa marcha moderada. O seu ronco monocórdico e preguiçoso embala-me na contemplação deste espetáculo maravilhoso que tenho diante dos olhos.

A ele sobrepõe-se a sinfonia do chilrear de bandos de pássaros que cruzam o céu, enchendo-o de alegria, cor e movimento. Rabos-de-junco resplandecem as caudas entre os arbustos; periquitos nervosos renovam os ninhos, véus-de-viúva assomam as cabeças negras a espiar perigos. E os grandes pássaros, lá sobre as copas, planam, garbosos, na sua magestade incontestada.

À beira da via agigantam-se seculares embondeiros reclamando a soberania dos tempos antigos. Dos seus ramos pendulam volumosos bâ-hô-bâs, verdes e carnudos, num oferecimento gratuito para quem passa. E as trepadeiras? oh! essas são virgens que se enlaçam, perdidas, nos másculos braços dessas milhentas árvores numa simbiose eterna, consentida e desejada.

Vultos de animais espreguiçam-se ao sol que se coa das clareiras de vegetação.

Da janela mal corrida chega-nos o doce e indefinível aroma da floresta.

Vamos em silêncio.

O motorista não tira os olhos da picada, atento aos mínimos acidentes do terreno e, talvez, já indiferente ao bucólico da paisagem. Será que alguma vez se deteve a contemplar o vermelho de uma flor ao sol? Será que algum dia se deleitou com a poesia do gorgolejar de uma nascente, dessas milhentas espalhadas por esses montes fora? Ao lado, o meu crónico e diligente companheiro de viagens, o enfermeiro Correia, dormita com a cabeça recostada no espaldar do assento. Irritadiço como uma cobra, o Correia herdou dos avôs cabo-verdianos uma grande labilidade de emoções. É frequente vê-lo no meio de uma roda de pacientes em animadíssimo relato de uma história que eu sabia inventada na ocasião para, momentos depois, ouvi-lo a barafustar, indignado por questões de somenos importância. Autoproclama-se detentor de vastos e sólidos conhecimentos sobre importantes e transcendentes áreas que vão da Culinária à Astrologia, da Ervanária à Quiromância. Afeiçoou-se de tal modo a mim que se serve de qualquer pretexto para o ter ao meu lado, ao que correspondo com muito agrado visto achá-lo um excelente companheiro. Envolveu-me com a aura dos deuses e alcandorou-me no pedestal dos mitos. Badala aí pelas aldeias que sou dotado de excepcionais virtudes, de uma rara inteligência, qualidades que me colocam nos cornos da lua, mas que, valha-me Deus! reconheço ser lisonja de amigo. Feliz acaso este que o pôs a dormir e me livrou dos áridos e desbotadíssimos relatos da velha história do vulcão da Ilha do fogo com que me massacra sempre que se lhe oferece ocasião.

Um livro de aventuras de Walter Scott que trouxera para queimar a nostalgia da viagem jazia morto entre os seus joelhos.

O crepúsculo cai abruptamente e matiza de tonalidades cinzento-escuras o pitoresco do anoitecer. Nas bermas da estrada, marcos enferrujados pelo tempo e abandonados ao esquecimento assinalam que nos aproximamos de Ntunane.

Manadas fartas regressam, pachorrentas, aos estábulos e vão pejando os caminhos de bosta fresca e fumegante.

À nossa passagem, vultos de pessoas carregadas de lenha, verduras e utensílios de lavoura saúdam-nos de punhos erguidos e seguem-nos com olhares intrigados até nos perdermos na curva da estrada. Adivinho em cada um daqueles rostos uma inquietação, uma dúvida, sobre o que terá de apaixonante a nossa vida, atribulada e inconstante, nós detentores do poder da Ciência e Tecnologia.

A noite era já fechada quando entrámos em Ntunane.

O ruído do carro tornou-se agudo e rouco. Dificilmente o veículo conseguia vencer a íngreme rampa que conduz ao centro da vila.

Uma luz clara filtra-se de algumas janelas desenhando a sua geometria.

Dirigimo-nos à casa do Administrador para anunciar a nossa chegada.

Ele próprio recebeu-nos à porta. Era um cavalheiro de rosto lua cheia onde dançavam uns olhos grandes, nervosos. Trazia as mãos suspensas nos quadris. Devia estar empenhado em algo importante e não escondia a sua contrariedade pela nossa intromissão. Pelos modos bruscos e atabalhoados concluí que não chegáramos em momento oportuno. Via-se que ardia de ânsias por nos ver longe dali.

Pareceu-me avisado da nossa vinda pois alteou a voz e chamou lá dentro um serviçal a quem ordenou:
– Leva estes senhores à casa de hóspedes. Já lá está gente para os receber.

Virou-se para nós e sacudiu o corpo balofo, brilhante de suor, metido num pijama de padrão axadrezado, curto e muito desbotado.

– Lamento muito, mas agora estou com um importante trabalho entre mãos e não posso acompanhá-los. E logo de madrugada parto para Singwe para uma reunião popular. Por isso julgo que só nos veremos na sua próxima vinda. Mas pode estar tranquilo que tudo está arranjado para que tenha uma excelente estadia.

Dito isto fechou-nos a porta sem que se dignasse a escutar uma palavra que fosse da minha boca.

Este é um desses prodígios que enxameiam país fora, que para escudar a sua ignorância recitam os rigores da lei, enredam os pobres diabos que estão à sua mercê na teia do burocratismo e os intimidam – medrosos e prepotentes – com exigências de veneração aos representantes do Poder.

Na casa de hóspedes não encontrámos ninguém à espera e estava tudo às escuras. O Correia, expedito, contornou o edifício e penetrou por uma janela que não fechava. Manipulou o interruptor e uma luz baça começou a jorrar de uma lâmpada fosca que pendia do teto. Franqueou-nos a porta com um sorriso, assumindo o ar vitorioso de quem acaba de transpor um difícil obstáculo.

Nas paredes e sobre os móveis infinitas teias de aranha emaranhavam-se numa curiosa engenharia. Das suas malhas, carcaças de insetos balançavam à fraca brisa que entrava pela porta. O soalho era de madeira, oco e quebrado. De alguns pontos, negros olhos do que supus ser uma cave espreitavam, tenebrosos e mal agoirentos. Os nossos passos produzem explosões que ecoam lugubremente em toda a casa.

Remediados os males, tomámos disposições para descansar nos únicos dois quartos existentes.

Aos poucos, foi tudo silenciando.

A claridade de uma lua-cheia que nasce vai-se derramando sobre os arvoredos longínquos. Fogachos solitários pestanejam e afugentam as feras do redor das aldeias.

Sumidos tan-tans coam-se na noite e anunciam um óbito.

Caí num sono profundo, agitado. A imagem do Administrador deixara-me tão profunda impressão que a levei para os sonhos. Via-o diante de mim, desnudado e encolerizado, a empurrar-me com umas mãos descomunais e suadas para as sombras de um buraco que mandara cavar. E tudo ao ritmo de uns cânticos que uma multidão de lacaios entoava; outros batiam o chão com enormes archotes proferindo palavras de esconjuro.

Acordei sobressaltado, entre o espanto e o pânico.

Do quarto contíguo vinham os ruídos reais de uma contenda.

Vesti-me a correr e dirigi-me ao local donde provinha o barulho. À minha frente o motorista e o Correia, ainda em pijama esgrimiam grossas mocas envolvidos numa batalha singular. Zurziam impiedosamente uma ratazana de pelo hirsuto, húmido, dessas em transição para o carnívoro. O rescaldo era aterrador: onze ratos e muitas manchas de sangue de percevejos a salpicar as paredes.

Olhei para aqueles rostos onde estavam gravadas as marcas de uma noite agitada e insone. Não pude deixar de lastimar, em silêncio, os imprevistos infortúnios daquela nossa primeira noite em Ntunane.

Lá fora o halo claro da manhã anuncia um dia cheio de sol.

A vila de Ntunane é um aglomerado de casas de uma arquitetura moderna que se alinham na encosta oriental do monte Rungwe. A sua localização é esplêndida, o clima ameno. No seu traçado há o equilíbrio topográfico e paisagístico das estâncias turísticas. Pelo vale imenso centenas de fogos de construção tradicional marcam o fim da zona mais densamente povoada e o início das plantações.

Lá adiante, sobre o cume do monte, a capela da Missão de S. Jorge, de um branco vivo e brilhante agiganta-se, imponente e solitária. Os seus pórticos são bocas esfomeadas que reclamam novas rações de crentes. Do alto do campanário corvos madrugadores planam em círculos. Poisam sobre a cruz e crocitam saudações ao sol que acaba de despontar.

A poente, o verde da floresta estende-se até à linha do horizonte, quebrada pelo recorte azul-pálido da cordilheira de Sipiwe.

A ténue neblina da manhã vai-se dissipando ao sol.

Um súbito e insistente bater de portas retira-me da contemplação do espetáculo do amanhecer.

É o Administrador em pessoa. Vem afogueado, naquele estado do culminar de uma grande excitação. Espanta-me vê-lo ali àquela hora da manhã, com bagos de suor a correr pescoço abaixo, inundando-lhe a balalaica curta e apertada. Tem os olhos estranhamente congestionados, de quem teve uma noite de muitos trabalhos.

– Os senhores vão perdoar este grande equívoco – disse, com as palavras atropeladas na boca, sem sequer nos saudar.

Adiantei um cumprimento em jeito de lhe recordar aquele dever cívico.

Enxugou a testa com um lenço outrora branco e prosseguiu como se nada tivesse escutado.

– Houve aqui um lamentável engano.

Levantei para ele uns olhos inquiridores. Vinham-me à memória as imagens do sonho daquela noite.

– Engano, porquê? – quis saber, ao mesmo tempo que tornava.

– A casa onde deviam estar não é esta!

Deixou cair os braços, desalentado. A expressão era de um derrotado. Concluí que viera para se redimir do grave contratempo que, certamente, maculara o brilho da sua carreira. Era só vê-lo ali meio vergado, a amassar as mãos, desconsolado e infeliz. Pôs-se a desfiar explicações sobre as consequências de ter ao seu serviço pessoal de tão crassa incompetência, apostado em conjurar e a denegrir a sua lustrosa pessoa, conhecida do topo e digna da maior confiança das populações.

– Olhe que até nem foi má noite. Com o cansaço nepor nada.

Arrumámo-nos o melhor que pudemos e, como vê, ainda estamos vivos – cortei, para tranquilizá-lo e, definitivamente, acabar com aquela representação que já estava a parecer-me demasiado teatral.

– Pode ter a certeza que a próxima noite passam em lugar devido – prometeu com um riso bochechado. Não tínhamos dúvidas que, com efeito, assim seria.

Na policial opinião do Administrador o cérebro mentor, o culpado maior desta conspiração era o cozinheiro. Este, chamado a responder, defendeu-se dizendo nunca haver abandonado o calor dos fogões nem as fronteiras da cozinha para cumprir recados de natureza administrativa e que, por isso, se enganara. E ele, justiceiro e sentencioso: que ná! se não soubesses onde era, perguntasses. Arbitrou-lhe cela por sete dias com desconto dos salários. Só que foi a pena suspensa até ao cometimento de novo agravo.

Como pode ele, dedicado e fiel servidor do povo, prescindir das artes do cozinheiro? Intemperado gastrónomo, desculpa a gula com tiradas do género: "as grandes ideias fermentam em barrigas cheias". Fiquei deste modo a saber que as rotundas panças que desgraçadamente por aí se veem são, afinal de contas, laboriosos laboratórios onde incuba a Ciência e fermenta o Progresso.

Senti tremendas dificuldades em tirá-lo dali. Um súbito entusiasmo crescia-lhe e tornava-o prolixo e maçador.

– Esta casa é assombrada. Acontecem aqui coisas de pôr os cabelos em pé. Mal anoitece todo o movimento em redor cessa.

E foi aqui onde o pelintra nos alojou, mastiguei surdamente, de dentes cerrados.

– Dizem que foi construída sobre a campa do antigo regedor da zona.

Ainda há poucos meses foram daqui desenterradas ossadas de gente e nunca se soube de quem eram, nem quem cá as meteu. À noite é um silvar de ventos e estrondos que, às vezes, se ouvem por toda a vila... – continuou, a um tempo sinistro e divertido.

Decididamente não nos queria na vila por mais tempo.

Histórias de almas penadas ouvira milhares, mas esta tinha uma singular graça. Permanecera uma noite inteira no interior da fatídica casa, à mercê do temperamental e falecido regedor; mas, salvo os envolvimentos dos meus companheiros na sangrenta batalha com os ratos, nada de invulgar sucedera.

– Asseguro-lhe que nunca tive uma noite tão calma como esta – menti.

Eructou forte. Abriu a boca várias vezes sem encontrar o que dizer. Esboçou um sorriso para exibir nos dentes uma camada de um sarro verde-escuro. Virei a cara numa infrutífera esquiva ao halitoso bafo que expelia da boca. Parecia a emanação de uma fermentação antiga, lenta e demolidora. Acabei por concluir que nada mais era senão o produto de uma digestão ativa de um pequeno-almoço lauto e gorduroso, rematado com uma aguardente caseira.

Lá fora o familiar ronronar do Land-Rover chama-nos para outras obrigações. Olhei para o relógio a sugerir urgência.

Retirou-se tranquilo e confiante para a programada reunião em Sengwe quando lhe pedi que se esquecesse do incidente e informei que naquela mesma tarde regressaríamos a Ndjendjere.

Descemos por ruas largas e asseadas, ladeadas por fileiras de árvores de cujos ramos pendiam vagens secas.

Em todo o lado a vida fervilha. Camponeses madrugadores exibem decisão nos rostos e internam-se no verde das plantações para mais um dia de trabalho. Manadas abandonam os estábulos a caminho das pastagens.

De todos os carreiros afluem pacientes, numa marcha dorida e lenta, a caminho do posto sanitário do qual nos aproximamos a aspirar últimos perfumes do amanhecer. Do lugar onde pernoitáramos a silhueta do posto desenhava-se com os contornos esbatidos de um objeto distante. Separava-o do resto do povoado um estreito vale por onde corre a estrada para Nante. O piso, nu de vegetação, é uma crosta seca e áspera onde as próximas chuvas vão abrir novas gargantas.

Galgámos a picada curta, íngreme e sinuosa que nasce da estrada principal e conduz ao posto. As pedras do caminho saltam sob o rodado do veículo e perdem-se nas moitas das bermas. Do denso emaranhado de ramos de trepadeiras que cobre a via coam-se fios de luz que estendem no chão um tapete de tons alternadamente claros e sombreados.

O complexo do posto sanitário encontra-se alojado numa larga plataforma cavada no declive do terreno. É um misto de edifícios de alvenaria, antigos e modestos, e outros de construção tradicional.

Da escadaria do pavilhão maior o enfermeiro Costa, encarregado do posto, aguarda-nos numa postura solene. É um indivíduo a quem é difícil atribuir uma idade. Estatura meã, rosto escuro e jovial. A carapinha recuada deixa-lhe a descoberto uma testa onde há marcas de muitas e longas apreensões.

Recebeu-nos num escritório acanhado com uma decoração pobre e antiga. Detalhei pormenores sobre a nossa visita. Ele acompanha as minhas palavras com lentos assentimentos de cabeça. Nos olhos pequenos de um castanho desgastado pelo tempo, leio inteligência e ponderação.

Sem queixas piegas de quem procura encontrar escusas para se furtar ao cumprimento das suas obrigações, serenamente, o enfermeiro Costa relatou a sua vida e a do seu posto. Acompanho-o em silêncio. Sinto uma profunda inquietação crescer dentro de mim. Interrogo-me quantos heróis como este, que lutando contra todas as adversidades, vexames e má compreensão, que nem medalhas ou honrarias consagrarão à imortalidade, fazem das suas vidas o santuário onde os seus semelhantes bebem novo alento para viver e se redimem dos seus males? Quantos? Para eles uma vida que a História não recordará, que a Morte silenciará nas sombras das tumbas.

E quanta coscuvilhice mesquinha, quanta adulação servil desses bandos de ambiciosos que se anavalham em sangrentas lutas pela glória, pela luxúria e pelo poder que corrompe? Quantos, lazaramente, se não encarniçam pelas migalhas dos poderosos e banqueteiam-se, sentindo-se, eles próprios, detentores absolutos dos destinos do povo que ignoram e desprezam?

Depois de consultar discretamente um enorme relógio

de bolso, o enfermeiro Costa desculpa-se e convida-nos para o pequeno-almoço em sua casa onde, promete, poderemos continuar a conversar. Já nem o escuto, abstraído em tenebrosas divagações sobre a tão propalada igualdade entre os cidadãos.

Lá de fora chega-nos o vago vozer da multidão de pacientes que aguarda as consultas com expectativa.

Saímos do edifício para a frescura de um largo terreno onde se alinha uma dezena de firmes e enormes rondáveis. Via-se que haviam beneficiado de recentes beneficiações, tal era a frescura dos materiais e da pintura. Ao fundo, os pacientes queimam o tempo de espera a tostar-se ao sol.

Uma sebe de árvores de fruta demarca os limites do recinto do posto. Pelo denso florir prevejo fartura.

Transposto o pomar chegámos à casa. Recebeu-nos à porta uma senhora de rosto simpático que logo adivinhei tratar-se da esposa do nosso anfitrião.

– Esta é a Dorcas, minha esposa e parteira cá do posto – ele disse, tirando-nos do embaraço que precede qualquer apresentação. Ela sorri e baixa levemente a cabeça numa vénia respeitosa. Adianta-se e encaminha-nos para a copa onde uma mesa recheada de molhos, carnes fumegantes, sumos e fruta, faz-nos regalar os olhos de gula. Um agradável aroma paira no ar e faz crescer água na boca. Era francamente impossível esconder que estava com fome. O meu estômago ruge e dá piruetas na impaciência da espera. Acho que a D. Dorcas apercebeu-se disso pois logo puxou por uma cadeira e fez-me sentar à mesa.

– Comam, comam à vontade. Para o trabalho que vão ter, bem hão de precisar de muitas energias – disse, no jeito brincalhão de nos estimular o apetite.

Atirámo-nos aos manjares com denodo e bravura sob o atencioso olhar da Dona Dorcas. Ela acha graça ao Correia que, entre vigorosas e ruidosas dentadas no assado, gaba as delícias dos pratos. Aproveita a oportunidade para anunciar os seus já propalados dotes na Culinária, comenta com a boca cheia sobre temperos, molhos, guisados e cozidos. De vez em quando, envia-me olhares esguelhados a solicitar cumplicidade. Não lhe presto atenção. Prossigo a interrompida conversa com o velho enfermeiro. Deleito-me com as histórias dos seus primeiros tempos em Ntunane. Chegara a este lugar há dezanove anos. Era então um lugarejo que não tinha mais de meia dúzia de casas de alvenaria e alguns fogos de construção primitiva. Cumprido o serviço militar para aqui foi transferido.

Dado o potencial económico da zona acreditava-se num rápido crescimento o que, com efeito, veio a suceder. É com orgulho que se afirma pioneiro na vila onde todos o estimam e respeitam. Narra peripécias de caçadas às feras que vinham rugir para dentro dos quintais. Perdeu a conta ao número de pessoas que foram levadas e comidas naquela selva imensa.

– Depois veio a Dorcas – continuou. – Novata ainda, mas com muita vontade de aprender. O convívio permanente a que nos obrigava o isolamento criou em nós laços de afetividade. Apercebemo-nos que gostávamos um do outro e casámo-nos. A seguir vieram os filhos, que neste momento estão num colégio em Quelimane.

– Já deve estar cansado disto. Veria com bons olhos uma transferência? – aventei.

– Para ser franco, não. Olhe que são quase vinte anos desta vida aqui. Foi aqui onde lancei os alicerces da minha vida, onde tive os filhos. Para que havia de me mudar? Toda a base do nosso futuro está aqui, as machambas e a criação. Deixar isto em troca de quê? A cidade não me seduz, nada me pode dar em troca. Sentimo-nos bem aqui.

O tempo estava a passar e já concluíramos o pequeno-almoço. Retirámo-nos da mesa no meio de uma profusão de elogios às delícias que acabáramos de provar.

O resto do dia foi de intensa atividade, dividido entre visitas às enfermarias e consultas. Foram momentos de meditação em que todos sonhámos com hospitais limpos e arejados, laboriosos e eficientes, espalhados por esse país fora.

Nos rostos dos pacientes adivinho esperança por melhores dias. Neles existem as marcas de um sofrimento antigo que a fatalidade ensinou a aceitar e a calar corajosamente: homens precocemente envelhecidos e atrofiados na luta pela sobrevivência; mães anemiadas, de seios mirrados e carecidos de leite; crianças de ventres abaulados pela fome e pela violência das parasitoses.

Que podemos nós, infelizes e impotentes propagadores de esperanças, fazer para, em definitivo, erradicar estes flagelos? Em mão, apenas palavras de conforto, desbotadas e ocas, e a miragem de uma cura com as drogas com que os entulhamos.

As primeiras sombras da tarde punham tons cinzentos sobre a paisagem quando terminámos o nosso dia de trabalho. A frescura que paira no ar retira-nos do estado de lassidão em que nos encontrávamos.

Feitos os acertos finais despedimo-nos, prontos para a viagem de regresso.

– As picadas são estreitas e as pontes traiçoeiras – recordara o motorista, sugerindo que partíssemos ainda com a luz do dia.

– Mas antes disso vão fazer o favor de esperar um pouco –

disse a Dona Dorcas que se havia incorporado no cortejo. Dito isto, deixou-nos por uns momentos para regressar pouco depois, seguida de um serviçal que trazia na mão um enorme galo.

– Queiram aceitar este galo como recordação do grande dia que hoje foi. Acreditem que foi um prazer tê-los cá entre nós – disse ela, sorridente e comovida.

– Tenho este animal em grande estima, foi graças a ele que na última temporada enchi a capoeira – acrescentou o marido, a gabar as qualidades do macho.

O Correia recebeu o animal entre bicadas e arranhões, e meteu-o no fundo da cabina do veículo, cujo motor já se encontrava a trabalhar. Uma vez mais, agradecemos a hospitalidade e tecemos considerações à volta da prenda. No meio de uma grande nuvem de poeira metemo-nos na picada a caminho de Ndjendjere, acompanhados por acenos de despedida de uma pequena multidão que se juntara aos donos da casa.

A tarde continua a cair serenamente.

Como já se tornara hábito o Correia vai ao lado do motorista. Acho-o muito falador. De vez em quando roda a cabeça para a cabine onde eu e o galo travamos uma luta muda.

– Este galo vem mesmo a calhar. Tenciono experimentar as receitas que a enfermeira Dorcas me passou. A carne é suficiente para os pratos que tenho em mente fazer. Com as miudezas vou fazer uma caldeirada simples com bastante picante. O resto vai servir para um estufado no forno que vai ser um regalo! – diz ele, num ambicioso plano culinário.

– Ó Correia, veja lá, o galo até é capaz de estar a perceber...

– Qual perceber, qual quê?! Se ainda fosse cão... – cortou com maus modos. Ele acredita piamente na inteligência dos cães e tem-lhes especial admiração.

Do lugar onde me encontro tenho o galo em frente e quase aos pés. É um animal possante, cheio de vida. Tem a crista arreada, vermelho-escura, o bico é rombo e gasto, a atestar quão renhidas foram as brigas que travou para impor a sua omnipotência na capoeira. Tem as patas incrustadas de uma substância escamosa, dura. O esporão é longo e saliente. As garras aduncas abrem e fecham num ritmo nervoso, prontas para um eventual ataque. Olha-me com uns olhos castanhos, atentos. Noto neles arrogância e desafio. Embora encurralado não se agacha em jeito de rendição. Volteia a cabeça para todos os lados, talvez à busca de algum meio para fugir. Só que acho isso improvável visto a única janela aberta na cabine ser a que se encontra mesmo por detrás da minha cabeça.

Apesar da recomendação o Correia continua a divagar sobre as patas do galo, a quilha e mais o pescoço com que fará sei lá que pitéu.

Num momento de desatenção, eis que ouço um bater de asas, súbito e violento. Vejo o galo crescer perigosamente sobre a minha cara de bico e garras prontos para ferir. Abaixo-me numa rápida esquiva, para proteger a cabeça com as mãos. Sinto-o, veloz e pesado, a passar sobre mim em direção à janela aberta.

Quando me recompus ainda o vi a voar para o alto de uma micaia gigante onde pousou, soberbo e arrogante. O vermelho rubro do sol poente produz nas suas penas cintilações multicores. Ali das alturas bateu vigorosamente as asas, esticou o pescoço e cantou três vezes. Era o canto alegre de um guerreiro vitorioso, a proclamação da sua independência.

Quando o veículo se imobilizou com uma perigosa travagem o galo já saíra do pedestal e internara-se na mata. Perdemo-lo de vista definitivamente, depois de afanosa busca por um Correia inconformado e derrotado.

Ainda hoje estou a imaginar a cara de espanto da enfermeira Dorcas quando viu o animal regressar, incólume e triunfal, para as atribulações da capoeira.

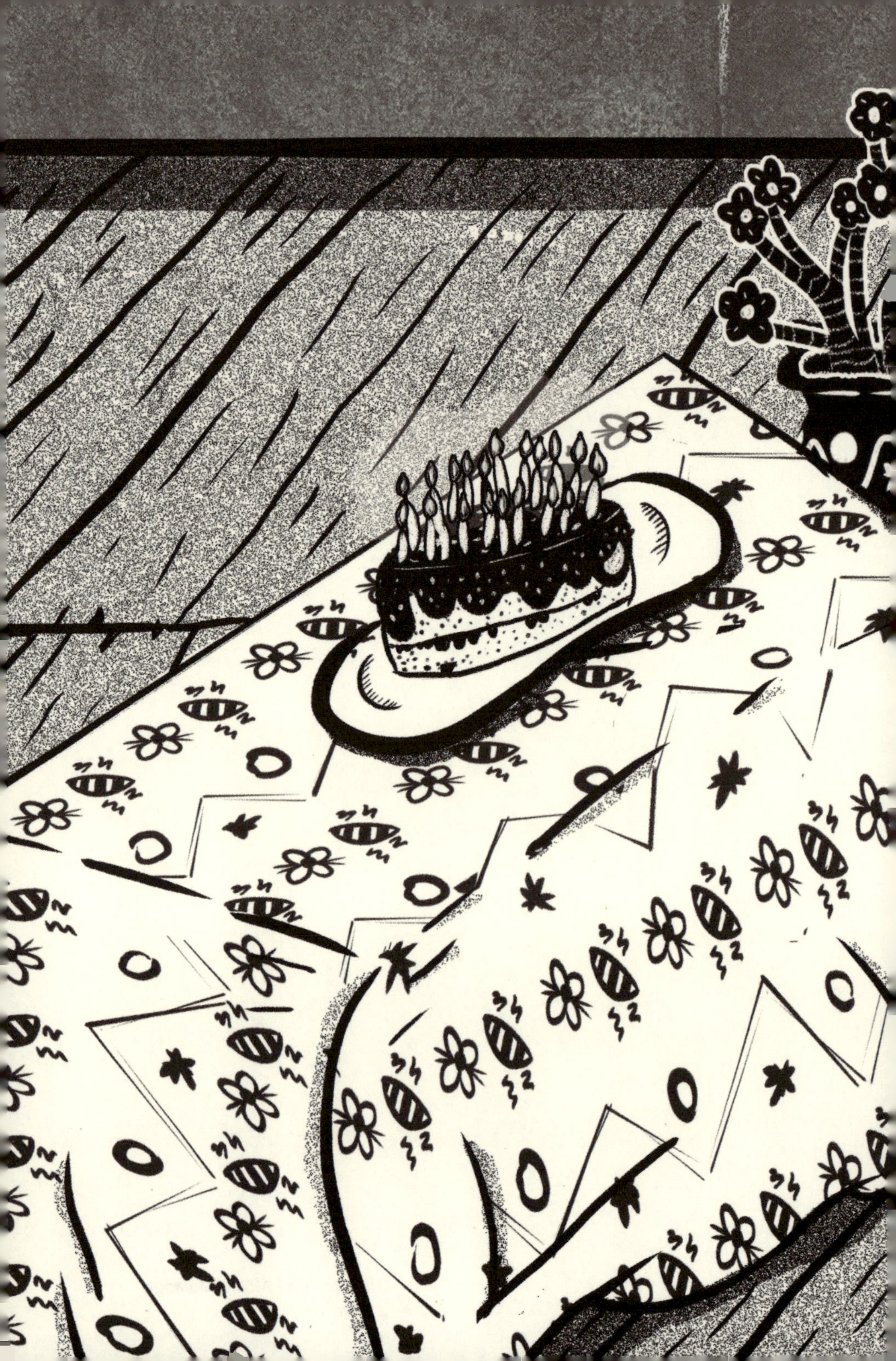

A Festa de *malembe*

"Rositane é amigo desde de muito tempo. Nasceu junto e cresceu junto lá no Madzucane. Controu noutro dia na vinte quatro de Julho, aqui na cidade de Maputo".

"Chê, Rosita, você aqui? Aiwê, como estás bonita você! Deixa lá judar você carregar essas coisa que você trazes. Chê, Rosita, conta lá então!".

E Rosita contou:

"Quando mamã morreu, tio Erinque, irmão de mamã foi-me levar para ranjar sorviço e estudar de noite. Não ranjou sorviço, agora está tirar curso de costura e não consego de estudar porque quando chegou, tempo de começar escola já tinha passado. Só no ano que vem".

"Ah, Rositane, como estás bonita você!".

O cesto de Rosita está pesado. Chicabeçane ajeita-o melhor na mão e espreita lá para dentro: repolho, couve, tomate, cebola. Tudo.

"Quando eu olha você lembra aquela tempo de *xingombela*. Rosita, você gostava dançar aquela cantiga assim:

Maria wa guele-guele
Aiwê-wê-wê-wê...
Vata-dlaya Mariôôôôô
Aiwê-wê-wê-wê...

Lembras?
A gente batíamos as mãos. Os pés no chão. Com força. E cabava de manhã. No caminho eu derrubava você cair no chão, no capim. Rosita, lembras esse tempo?". Recorda Chicabeçane, saudoso, com o olhar distante.

Rosita leva tempo a responder. Um sorriso baila na boca pequena.

"Não pode falar as coisa assim onde tem muito gente, ouviu?".

"Como eu gostava você Rositane, eu! Naquele tempo você nem mama tinha, nem nada. Tua pai não me gostava, chamava eu era filho de demone".

E Chicabeçane escoltou Rosita até junto à porta de casa. Ao longo da caminhada conversaram enternecidamente sobre coisas passadas, presentes e futuras. À despedida ela anunciou.

"Eu faz dezaoito anos no sábado que vem. Fachavor de vir, sete meia, não pode trasar. Casa já sabe é aqui mesmo".

E esticou os lábios num beijo provocante e desejado. Virou-lhe as costas e entrou porta adentro, meneando graciosamente as ancas.

Chicabeçane ficou a vê-la desaparecer; o coração batia em tropel acelerado pum-ba, pum-ba, pum-ba.

"Sábado.

Dia três de Novembro de mil novecentos oitenta e quatro.

Festa dos anos de Rositane.

Já era de noite já. Casa dela é perto de Polana Hotel. Mora com o tio dela que trabalha na Minerva, naquela casa de antigamente que os colonhe deixou. Tio dela tem telefona, tem tudo. É gente grande, disse Rositane no dia que companhou. Casa de vizinhos dele, hei! Tem luz, jaradim, carro bonito e thangue para tomar banho, não é preciso ir na praia. Tem tudo, cão, poliça também. Parece é casa de rei.

Já era noite já quando eu chegou.

A lua é grande assim, redondo. Está cabar de sair agora mesmo e está olhar na água. Um ventinho assim pequenino, parece é peido de criança, faz parece água é zinco.

Música está chegar cá fora. Está porrero mesmo. Agora está tocar aquele Khamani Evribodi.

Um gajo está esperar na porta para chotar os filtrado. Como as pessoa tem problema de comida e bebida em casa deles, proveta festa de outro, come, bebe e vai embora. Comigo não há problema o gajo me conheça, Rositane falou basta falar eu é Chicabeçane".

"Eh, Chicabeçane, entra lá pá, mas essa gajo que está na sua trás não pode. Olha lá você aí, hei! você tem covinte ou não tem covinte? Se não tem é melhor não chatear aqui senão leva porrada. Vai masé pendurar outro lado.

O gajo da porta parece é cão mesmo.

Música está bom, bom mesmo. Gira-disco Galaxí, com as coluna assim, grande, parece da idade de um homem. Qualquer dia também há de ranjar um assim. Dar música de Steve Nkakana, com tudo volume".

Tcha-tchá-tchá...

"As pessoa bate as mão. Senta baixo, dança com as nádega, mexe as perna, sobe outra vez, desce outra vez. Toda a gente está contente.

Festa está porrero mesmo.

Nas mesa só sarveja, galinha, salada, bolo. Tudo. Os velho está sentado nas cadeira, não fala nada. Só roer osso de galinha, bebe e põe copo no chão. Depois dá orde na mulher ir buscar jornal para limpar as mãos.

Muita gente.
Os novo fala alto. Nos canto menina com rapaz fala baixinho. As veze sai casamento assim mesmo. Então quando põe aquele música de Percy ficam bem garrado, dançar assim, parece é uma pessoa só, e até apaga as luze para os velho não ver nada. Mas os velho são macanco-velho, quando sabe os jovem está dançar assim, vem devagarinho ver, bana a cabeça mas por dentro gosta. Lembra tempo de antigamente".
Cleng-cleng-cleng...
"Aquele homem de careca, bigode e balalaque está bater garrafa com rabo de garfo. É gordo, cara dele é muito simpático, porrero mesmo. É parecido um pouco com Rositane. Ah, já sabe, é tio dela. O tio Erinque".
"Amigos, amigas, senhoras e senhores. Silêncio. Silêncio fachavor!".
Toda a gente aglomera-se em redor das mesas. As atenções caem sobre a mesa principal onde o tio Erinque sorri e continua cleng-cleng-cleng, a pedir silêncio e ordem.
Chicabeçane, sentado na ponta de um velho baú, lá junto à parede, sente-se embriagado e contagiado pela alegria da festa. Bebera já dois copos de cerveja e sentia a cabeça um pouco leve. Está bem, relaxado e algo eufórico.
O barulho vai morrendo aos poucos. A música para. Ecos de gargalhadas dissolvem-se no ar.
Por fim, o silêncio e a expectativa.
O tio Erinque relanceia os olhos por todos os rostos, toma fôlego e diz:
"Amigos. Como é costume nestas ocasiões é preciso dizer a razão porque estamos aqui".
"Eh pá, o gajo está falar porrero, parece é chefe da minha

quarteirão", entusiasma-se Chicabeçane.

"Hoje estamos aqui para festejar as dezaoito prima, hen, primavera da nossa querida filha, prima, amiga, colega, tia, irmã, avó, Rositane".

Alguém no fundo não consegue suster um riso que procura disfarçar acrescentando-lhe um tossicar estrangulado.

"Silêncio, silêncio fachavor!", pede de novo o tio Erinque. Em seguida, retoma o discurso, muito entusiasmado.

"Para manifestar a minha grande alegria por esta infidelíssima, digníssima data de hoje, ofereço esta nota de cinquenta meticais à nossa querida Rositane".

Viva! Viva! Rositane!
Vivaaaaaaaa!!!
Parabéns p'ra vocêêê...

Um coro de vozes desafinadas aumenta a loucura da noite.

A alegria chega à rua e incomoda o sentinela da casa ao lado que até àquela hora, ainda não jantou. "Puta da vida! Está aqui um gajo a rapar barbeiro, à fome e à cacimba e outros a encher o saco!".

Dá dois passos molengões à frente para sacudir o frio e o enfastiamento.

Tcha-tcha-tcha
Wa-wa-wa...
Hurra! Hurra!!!

"Aiwê, como festa está porrero, pá. Juntar família, conversar, beber, dançar, como é porrero", cisma Chicabeçane. Sente um estranho e agradável calor familiar e uma súbita simpatia e intimidade por todos os que o rodeiam.

Uma velhota de cara sugada e olhos ramelosos acotovela todo o mundo e fura em direção à mesa de honra. Quer participar. Contribuir. Cochicha algo ao ouvido do pregoeiro. Este anuncia:

"Em nome da família Mazanga, a vovó Ngotine, irmã da avó de Rositane oferece esta nota de cem meticais", agita a dita no ar e exibe no rosto um sorriso de desafio.

Hurra! Hurraaa!!!...

Ao lado do tio Erinque, Rosita nada diz. Sorri. Sorri para quem?

"Ah, Rosita, Rositane, não me olha dessa maneira senão eu fica maluco mesmo!".

Os olhos de Chicabeçane passeiam-se por tudo e por todos. A luz crua e baça que se espalha na sala dá aos rostos um ar de aparente maquilhagem. As peles brilham de suor.

Há em tudo como que um toque de magia e de encantamento.

Rosita tem um ar envergonhado. Chucha o dedo polegar e pousa sobre Chicabeçane os seus olhos grandes. O corpo molda-se no vestido de malha branca, com barras encarnadas, oferta de anos do mano Pedro, há dias chegado do Djone. Os seios, uns limões, entumecem no peito e provocam dores de cabeça na cabeça dos magalas.

Mais um que segreda algo ao tio Erinque.

A parada sobe.

500, 750, 1000!

"Temos aqui a contribuição da família Matingane. Duas notas de mil meticais para a sua querida, adorada e estimada afilhada de baptismo Rositane. Palmas, palmas fachavor!

Hurra! Hurraaa!!!

Wa-wa-wa...

Chicabeçane afaga a carteira que incha o bolso traseiro

da calça roquista. O coração tum-tum-tum. Vai-não-vai. Primeiro vencimento.

"Rositane parece é estar esperar eu dar alguma coisa". Mas, Chicabeçane é aprendiz de caldeireiro na Inter-Metal. Primeiro vencimento da sua vida. Depois que chegou de Madzucane andou por aí aos baldões até que alguém lhe arranjou aquele furo na fábrica.

"Já sabes, para começar é quatro-barra-oitenta", cautelosamente, o chefe do pessoal pôs os pontos nos is, por causa do refilanço.

"Não faz malo, é preciso é só trabalhar, só mais nada. Aprender sorviço; um dia também há de ficar chefe, ganhar bom dinheiro".

Enchera a cabeça de mil projetos que realizaria com o primeiro salário.

"Há de mandar em casa para o velho fazer missa, para dar sorte. Comprar camisa para o velho, lenço para mamã. Depois vai ficar só com cem meticais na carteira para dar sorte também".

Poisa os olhos sobre os de Rosita que abre o rosto num sorriso encorajador.

Pula do baú, perdidamente arrebatado. Em passadas bamboleadas, gingando, abeira-se do pregoeiro e em suas mãos deposita a maior prenda da noite.

Cleng-cleng-cleng...

"Silêncio outra vez, fachavor", pede o tio Erinque à multidão desatinada. "Fachavor silêncio!".

A calma volta. Há expectativa. A curiosidade pega-se no ar.

"O nosso amigo Chicabeçane, amigo de Rositane desde pequenino, tirou dois e cem, hen! dois mil e cem meticais, para mostrar a sua grande satisfação e amizade pela aniversariante, hen! Palmas, palmas fachavor!".

A festa de *malembe* | Aldino Muianga

Hurra! Hurraaa!!!
Wa-wa-wa...

Chicabeçane cobriu a parada. A emoção transborda.

Rositane envolve-o com aquele olhar terno, quente e envergonhado. É o seu Chicabeçane. Sempre o mesmo Chicabeçane! "Chicabeçane, você, hen!", rumoreja Rositane impante de orgulho e ardentemente apaixonada.

Chicabeçane deixa-se cair pesadamente sobre o baú. Suspira. O coração bate forte dentro do peito e as ideias confundem-se na cabeça.

Inconscientemente, repetidamente, como uma velha canção que conforta, murmura:

Quatro-barra-oitenta
Oitenta-barra-quatro
Barra!!!...

Glossário

B
barbatiça (cortar): tirar violentamente das mãos de outrem.

C
cuche-cucheiro: aquele que faz cuche-cuche, curandeiro.

D
djambo ra vuxika: sol de inverno (em língua tsonga).
djambo ra maswangwa: luz do povo Sangwa.
djiva (mafruta): nome de dança muito popular nos anos 50-60, em Lourenço Marques, hoje Maputo, capital de Moçambique.

H
humelela ndzi ku vona: aparece, quero ver-te.

K
Kebera-nhane/Nha-Keberane: diminutivo de Nha-Kebera.

M
machamba: terra cultivada.
magalas: rapagões.
magumba: variedade de peixe.

malembe: aniversário.

manhembana: natural de Inhambane.

manghungho: farnel.

massala (maçala): fruto silvestre comestível (*logamiaceae, stychnoos spinosa*).

massesse: tipo de dança.

massengane: rato selvagem.

matequenha: infestação entre os dedos dos pés por uma pulga (*tunga penetrans*).

mbhalele-mbhalele: jogo que consiste em tirar sortes contando as pernas estendidas dos participantes ao som duma canção.

mbowa: folhas de aboboreira.

mexe-mexe: conjuntivite.

mpheca: bebida fermentada à base de milho.

missangas: contas para adorno.

mudi-nkatla: espécie de futebol praticado em recintos estreitos e cimentados.

mudzobo: jogo que consiste em lançar e tentar introduzir castanhas de caju num buraco.

mukhunga-khunga: reboque.

mulala: raiz de arbusto que se usa para limpar os dentes.

mulato de prova-nhangana: mulato de baixa categoria.

muquilimana: natural de Quelimane.

mussathanhoko: canalha, patife.

N
nghalangha: tipo de dança.

nhacas: terras baixas e férteis.

nkulungwana: estridente som vocal que assinala um acontecimento importante.

nkenho: cão rafeiro.

P
prova-nhangana: de baixa categoria.

R
Rengâ-rengâââ: estribilho (sem tradução).

X
xibhehe: pasta preparada com caroço de mafurra.

xicoca-moya: vadio.

xidangwana: bebida fermentada feita à base de farelo de milho.

xidjana: albino.

xidronque: tipo de jogo de futebol praticado em varandas.

xigubo: tipo de dança guerreira.

xima: massa de farinha de milho.

Z
zuca: o equivalente a dois escudos e cinquenta centavos.

O Autor

ALDINO FREDERICO DE OLIVEIRA MUIANGA nasceu no dia 1º de maio de 1950, no Bairro da Munhuana nos arredores da cidade de Maputo (ex-Lourenço Marques), em Moçambique.

Começou a escrever desde a adolescência, como colaborador no jornal de parede no liceu que frequentava. Nesse jornal publicou alguns poemas, de uma vasta obra que se perdeu na totalidade.

A sua primeira publicação oficial foi o conto "A Vingança de Macandza" no semanário Tempo, em 1986, sob o pseudônimo Khambira Khambiray.

Tem contos incluídos em antologias publicadas em Portugal, no Brasil, na Suíça e França, em várias páginas e revistas literárias em Moçambique.

Foi coordenador da página literária da revista SAPES, editada no Zimbábue, em 1991 e 1992, onde publicou ensaios sobre literatura lusófona nos países africanos.

Foi colaborador de primeira linha da revista Charrua, editada pela AEMO (Associação dos Escritores Moçambicanos), e da revista ECO, editada pela Universidade Eduardo Mondlane, de Moçambique. É membro da AEMO e membro fundador da AMEAM (Associação de Médicos Escritores e Artistas de Moçambique).

Atualmente reside na África do Sul onde exerce a profissão de médico-cirurgião e docente na Faculdade de Medicina da Universidade de Pretória.

Obras

- *Xitala-Mati*. Associação dos Escritores Moçambicanos, 1987; Edição do Autor, 2 ed., 2007; Alcance, 3 ed., 2013.
- *Magustana*. Cadernos Tempo, 1992; Texto, 2 ed., 2011.

- *A noiva de Kebera*, contos. Editora Escolar, 1994; Texto, 2 ed., 2011.
- *A Rosa Xintimana*. Ndjira, 2001; Alcance, 2 ed., 2012.
- *O domador de burros e outros contos*. Ndjira, 2003; Ndjira, 2 ed., 2007; Ndjira, 3 ed., 2010; Kapulana, 2015.
- *A metamorfose e outros contos*. Imprensa Universitária, 2005.
- *Meledina (ou a história duma prostituta)*. Ndjira, 2004; Ndjira, 2 ed., 2009; Ndjira, 3 ed., 2010.
- *Contos rústicos*. Texto, 2007.
- *Contravenção, uma história de amor em tempo de guerra*. Ndjira, 2008.
- *Mitos, estórias de espiritualidade*. Alcance, 2011.
- *Nghamula, o homem do tchova, ou o ecplipse de um cidadão*. Alcance, 2012.
- *Contos profanos*. Alcance, 2013.
- *Caderno de memórias, Volume I*. Alcance, 2013.
- *Caderno de memórias, Volume II*. Edição do Autor, 2015.

Prêmios

- 2002 – Prémio TDM: *A Rosa Xintimana* (romance – 2001).
- 2003 – Prémio de Literatura da Vinci: *O domador de burros e outros contos* (contos – 2003).
- 2009 – Prémio Literário José Craveirinha: *Contravenção, uma história de amor em tempo de guerra* (romance – 2008).

fontes	Colaborate (Carrois Type Design)
	Seravek (Process Type Foundry)
	Gandhi Serif (Librerias Gandhi)
papel	Pólen Bold 90 g/m²
impressão	Printcrom Gráfica e Editora Ltda.